俞菲尔 著

好孕连连

孕期是一个生命成长的过程，
同样也是一个家庭幸福升级的绝佳契机

Mood is pregnant
again and again

重庆出版集团 重庆出版社

图书在版编目（CIP）数据

好孕连连 / 俞菲尔 著. —重庆：重庆出版社，2011.11
ISBN 978-7-229-04577-7

Ⅰ.①好… Ⅱ.①俞… Ⅲ.①长篇小说—中国—当代 Ⅳ.①I207.4

中国版本图书馆CIP数据核字（2011）第202400号

好孕连连
HAO YUN LIAN LIAN

俞菲尔 著

出 版 人：罗小卫

策 　 划：华章同人

特约策划：杨鑫垚

责任编辑：刘学琴

特约编辑：刘美慧

责任印制：杨 宁

封面设计：门乃婷装帧设计

重庆出版集团
重庆出版社 出版

（重庆长江二路205号）

九洲财鑫印刷有限公司印刷

重庆出版集团图书发行公司 发行

邮购电话：010–85869375/76/77转810

E-mail：bjhztr@vip.163.com

全国新华书店经销

开本：880mm×1230mm 1/32 印张：9 字数：177千
2012年3月第1版 2012年3月第1次印刷
定价：28.80元

如有印装质量问题，请致电023–68706683

推荐序：爱是最伟大的力量

当菲尔把《好孕连连》书稿发来的时候，第一感觉是惊奇：莫非她真打算放弃大好的事业，改行去当专职作家？待整个故事读完又觉得满心惊喜。很多女性朋友对孩子都充满期盼，那是生命的延续、是爱情的见证、是上天的福赐。可幸福憧憬之余，她们的孕期总是伴随着惶恐与不安，生理的巨大变化、家庭的结构升级、事业的前途未卜……百味陈杂，无人例外。

这本小说虽没有鸿篇巨制的架构，也没有跌宕起伏的情节，却像一条温暖的河流，带领我们重归生命最初的那段旅程，足以让人捧腹大笑、欷歔感动。于是迫不及待地转发给几位女同事，这些白领精英中有的已身为人母，有的还待字闺中，但她们都把《好孕连连》当做寓教于乐的范本来读，想必是与自身微妙的心路历程形成了共鸣。

与菲尔相识多年，这位干练的职场丽人，长得很娇弱，但眼神里却有与众不同的坚定。年纪轻轻就管理着一家上百人的公司，后来开始自己创业，进而又杀回职场……周围很多朋友对她的印象都高度统一为：真能折腾！不可否认，有时候折腾是成功的CPU，需要极大的勇气与热忱。

大约一年前，在一次活动的间歇，我们跑到咖啡厅聊起了中国孩子的教育问题，明显感觉到菲尔变得愈发沉静优雅——原来最近在研习身心灵的课程。她认为一个孩子的人格构成与父母的关系最大，甚至孕期里，父母的喜怒哀乐都是在帮助孩子建立对世界的最初认识。这种观点于我心有戚戚焉，索性就邀请她担任摇篮网的专家——帮助中国的父母教育孩子，学会与孩子相处，这已经变成了我毕生的追求，也是摇篮网的使命。

　　网友们很快就认可了这位年轻又时尚的专家，菲尔善于用比喻手法来讲解深奥话题的特点完全呈现。每一次，她都非常用心地参与互动，指导大家如何进行身心灵的修炼与提升。"你就是爱的源头，一切都会因为你而改变！"很多网友都在这样的引导下，摆脱了困扰自身的问题，生活迅速得以改善。要知道，她的工作向来繁忙，但还是愿意积极帮助那些需要帮助的人，并且乐此不疲。

　　写到这里，心里再次充满暖意，不晓得《好孕连连》上市后，是否会引发"升职"还是"生育"的深层探讨，但我深知，这是一本很有爱的书，自然会吸引那些同样有爱的人。无论你成家抑或未婚，无论你已为人父母还是正有此打算，都会在阅读后收获美妙的体验！

　　我相信，菲尔在这本书里想表达的，不只是在怀孕期间如何为孩子创造一个快乐的环境，更可以延展为，我们每个人都可以成为爱的源头，共同创造一个有爱的世界！

　　我相信，爱是最伟大的力量。有了爱，生活就会好运连连！

　　　　　　　　　　　　　　　　　　——摇篮网总裁　高翔

自序：怀孕是一项修炼

　　在这篇序言的伊始，自然要由衷地感谢杨鑫垚先生，没有他的策划与努力，绝对不会有《好孕连连》这本小说的诞生。忘不了他在我写作阶段的情节提供、士气鼓励，以及修改过程中的极大包容——因为个人工作繁忙，晃点事件时有发生，每每都气得老杨同学吹胡子瞪眼，可咆哮之后他仍旧无私地帮我承担了太多的工作。

　　"升职"还是"生育"，这显然是一个困扰诸多职场达人的难题。更何况邀约一个没有孕育经历的"菜鸟"，来系统讲述"生产第一线"的故事，其中的忐忑与纠结可想而知。但幸运的是，除了一个善于启发作者灵感的好编辑之外，我身边有很多善良无私的朋友，当她们知道我要完成该题材后，纷纷跳将出来分享各自的怀孕经历与职场心得。也正是这些虽未经历却感同身受的素材，帮我创造出了关于金浩然、孟盖茨等许多生动有趣的桥段。

　　虽然连续的写作异常辛苦，但是在如此"厚爱"的包围里，让我充满了奋笔疾书的动力，而这深情又无声地转化到了小说里。毫无疑问，孕育幸福的共鸣非常的奇妙，我便也像一个婴儿一样，被种种关怀紧紧簇拥着，在强大的关于爱的磁场里，体验孕期独特的快乐与艰辛。希望准妈妈们能在心情放松的时候翻阅，找寻出其中贴心、温暖和鼓励的因子，让自己的孕期变得笑声连连。

这不是一本关于怀孕的百科全书，也不是一次"中国式怀孕"的热点聚焦，它更近似一部略带喜感的都市童话，在刻画家庭关系的同时又无比接近职场女性。小说里的三对主人公虽然都在怀孕的过程中经历挫折挑战，但最终都以圆满收场。或许在有识之士看来，这样的故事有点过于完美捏造，请别忘了，生活是公平的，一切的结果都取决于我们的心态！

所以，当罗贝贝学会了放下之后，她收获了梦寐以求的升职；陈一菲学会了放下之后，收获了久违的幸福感；而唐蜜学会了放下之后，收获的老公是如假包换的青年才俊。

在创作的过程中，个人的感悟同样良多。如果人生是一段旅程，那么结婚与生子无疑是我们人生中最关键的两个节点。结婚，是让两个原本没有任何交集的男女因缘际会，而生子则是把两个家庭真正的连接到一起。这两个节点就像是都市中的立交桥，成了我们人生中最重要的交通枢纽，决定了我们的生活通往幸福抑或其他。

最后还是不能免俗，向爱我的人与我爱的人隆重致谢，正是这些不计回报的呵护和给予，才让我可以满载爱意愈挫愈奋。感谢爸爸妈妈、大妹及小妹，你们是我在这个世界上最宝贵的财富，想必，妈妈在天堂里也会为我感到荣耀；感谢牛牛先生，上帝派来你这样的男人，用无限温情了结我多年的漂泊之苦；感谢里程20的导师和同学们，在过去两年的生命历程中，帮助我茁壮成长天天向上……当然，还有一长串要感谢的名单，笺短情长，难以尽表，请相信，你们一直在我的爱心与心爱之中，此生与你们同行，无限感动！

目录
CONTENTS

目录
CONTENTS

目录
CONTENTS

目录
CONTENTS

第一章：生孩子也要见缝插针

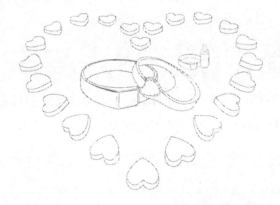

本章语录

· 伟大的马克思曾经告诉过我们，经济基础决定上层建筑。如果孩子算是一个家庭的上层建筑，那父母必然要作为经济基础；换言之，他们必须为自己孩子的降生创造出经济基础，这才是生产的重点。

· 在她的小词典里，职业女性不应该是"鱼和熊掌不能兼得"的状态，必须是"两手抓，两手都要硬！"如果说升迁代表了事业的高度，那么生子则意味着幸福的长度，二者的乘积自然是人生的圆满指数。

· 孕育孩子，需要一个男人和一个女人的亲密合作；而孕育市场，则需要一群男人和一群女人的齐心协力。

· 孩子才是世界上最昂贵的珠宝，再美丽的妆容与母性的温柔相比，都会黯然失色。

一些关于台历的传说

屈指算来，从相识到结婚，罗贝贝和孟子已凑满了该痒痒的年头，可依旧是蜜里调油的二人世界。与其说是不想要孩子，倒不如承认"不敢要"更坦率些。

对于孩子这个庞大的命题而言，"不想要"可能是态度作祟，但"不敢要"则完全是实力使然。

不管你认同与否，在竞争如此激烈、现实这般残酷的当下，生一个孩子，跟建造一艘航空母舰也没什么区别——二者都是综合实力的集中体现，包含了技术和经济等诸多硬性指标。

在生孩子这件事情上，技术实力是前提条件。也即作为生产的双方，女人提供健康的卵子，男人提供健康的精子，并且要保证它们在合适的时间及地点浪漫相遇。只不过，前提条件往往只能代表事件的开始，并不能预知有效的结果。

从技术条件上来讲，一对一无所有的男女想要孕育孩子，绝对不成问题，可是他们在哪里生？之后如何养？养不养得活？活成什么样的品质？这将是一系列的非常复杂的社会问题，绝对不是由技术实力决定的。他们不可能借助"月光宝盒"回到远古社会，在那种幽暗潮湿的山洞里，密切合作出爱情的结晶，然后用树叶把孩子包起来，饿了喂几枚果子，渴了喝一捧露水……

伟大的马克思曾经告诉过我们，经济基础决定上层建筑。如果孩子算是一个家庭的上层建筑，那父母必然要作为经济基础；换言之，他们必须为自己孩子的降生创造出经济基础，这才是生产的重点。至少罗贝贝是这样认为，并当成最高革命纲领付诸行动的。

在实践"先有经济，再有孩子"这一理论的过程中，她屡有顿悟，在拥有经济实力之前，你必须拥有管理经济的实力。具体到这个家庭，那也就是经常管教孟子为什么如此不济……作为被管理者，孟子曾经发起过数次关于人权的起义，但是都很快被无情地镇压，在事实面前，孟子终于臣服得比孟获还彻底。

所谓的事实，就是这五本台历。尽管在被罗贝贝从超市买回来之前，它们是那样普通，但是经过女主人的魔杖轻点，它们被赋予了神奇的功效，赫然升级为一部记录普通工薪阶层如何进入中产阶级的宝典，一段关于魅力女性如何引导男人立地成佛的传说。当然，它们核心的价值在于，如何在合适的时间生一个合适的宝宝！

"生孩子是人生最大的一个转折点，选对了，鸡犬升天；选错了，万劫不复。"罗贝贝如是说。

在她眼中，对了就意味着，技术实力还未下降，经济实力却在不断上扬，工作事业基本安稳，公婆父母基本安在，夫妻关系基本和谐的时候，这就是人生的转折点！

因为喜欢彩虹，所以台历上一共有七种颜色，正正好好，三种用来管理技术，三种用来管理经济，一种用来管理自己，与其说是管理自己，不如说是犒赏自己——怎么了，管理别人也是很辛苦的嘞，罗贝贝颇为官方地如是解释。

红色代表姨妈期，情绪波动大大的；

黄色代表危险期，坚决要穿"小雨衣"；

绿色代表安全期，彻底实现零距离。

该设计的原理为，首先可以保证女人的安全；其次是有效地遏制若干笔"拔牙"的开销，还可以通过一系列日期标志，推断出最佳播种期；最后就是，男人是需要被管理的，因为被管理，他们才知道自由的宝贵，知道自由的宝贵，才会更加珍惜自由，由此对你感恩戴德。

其实"闹出人命"还不是最危险的，最危险的是由以下三种颜色的不协调引发的经济危机。

世界可以发生经济危机，因为政府的职责就是去解决危机的，但是家庭不能发生经济危机，这直接影响着一个孩子的人生和未来！

所以相比于孟子的自由与否，很显然，家庭经济运行态势显得更加重要。

为此，罗贝贝在台历上用粗笔标注了以下三种颜色：橙色代表收入，蓝色代表支出，而神秘的黑色则代表控制你收入的那个人，即BOSS陈一菲。

很多人都知道"老婆"和"婆婆"是一对天敌，但是很多人却不知道，其实"老公"和"老板"也是一对天敌，起码对于孟子来讲是这样。

到底是选择让老板快乐还是选择让老公快乐？这是一个非常严肃的问题，而罗贝贝的选择十有八九是前者——只有老板的脸色好看，自己的口袋才会好看，口袋好看了，孩子就会好看。但是老板的脸色是否好看又不取决于老板，而是取决于你的实际工作能力以及拍马屁的功力，所以在每一个提交报告或者是总结的日子，罗贝贝都会在台历上深深标注成黑色。

如果哪一天黑色恰巧和绿色重合，那么直接等同于红色，一样闭罗贝贝的门谢孟子的客，所以你知道，孟子为什么会屡屡被镇压，但又屡屡揭竿起义了。

在一般的情况下，你尊重老板，老板就会尊重你的工作。

同理，如果你重视黑色，你的橙色就会被重视。

每个月的10号，都会被女主人大书特书，因为这一天，是她和孟子发工资的日子，所以愉悦自然变成双份，也即快乐的平方！"管家婆"？多新鲜啊，自古以来谁听过"管家公"这个词？

快乐乘以2的日子，她都会在台灯下，认真而神圣地汇总这个月的所有收入，包括基本工资、加班费以及奖金，如果谁不小心在大街上丢了10元钱，被罗贝贝有幸捡到，也会被计算进去。尽管这种陌生人给发工资的日子并不多，但都无一例外地被纳入财政增收部分。

生活再美好，也没有永恒的快乐，你总得给痛苦一个插队的机会。

罗贝贝把这个体验痛苦的机会留给了孟子，正所谓，快乐着我的快乐，痛苦着你的痛苦。

对于孟子来说，最大的痛苦不是辛苦地赚钱，而是你要把辛苦赚来的钱再还给银行，而且必须准时准点，老板可以偶尔给你发钱不准时，你不能也不敢要求老板支付你利息，但是不能准时给银行还钱，银行是一定要扣你滞纳金的。

每一次眼看着红花花的一大沓子钱就进了银行的ATM存款机，孟子就心如刀绞，恨不得自己变成存款机。

同样是胃疼，吃饱了撑的，总会比饿得眼冒金星多一个层次的感受，这种感受就叫伪幸福。

如果说橙色代表财源滚滚来，那蓝色就代表花钱如流水，所以罗贝贝选择蓝色代表支出。更进一步，如果本月花费较大，罗贝贝就用深蓝标注，以便下个月用浅蓝来找平。

以此类推，如果自己花费超支，那么就必须压迫孟子银根紧缩。

所以在自我消费这一栏，罗贝贝是紫色，孟子是无色，以此酸碱中和，达到财政平衡。

紫色让人联想到纸醉金迷。不过还好，这种色调一个季度才会出现一次，如果一个季度出现两次，那么下个季度紫色就会自动消失，在铺张浪费这点上，罗贝贝也非常讲究自律和原则。

紫色出现的时候，罗贝贝会非常理直气壮地挪用"家庭公款"为自己购置名牌服饰或者奢侈品，比如GUCCI的A版背包或者PRADA的打折外套——生活已经很拧巴了，衣服必须绝对光鲜。

至于孟子是否能为自己争取一件300块钱的衬衫，那还要取决于他当月的家庭KPI，所以孟子的消费基本是和绩效考核挂钩的，而其夫人的消费却是可以偶尔打破常规的。

为此，孟子曾强烈要求在台历上也增加自己的专属颜色——酱色，哪怕半年有一次，或者一年有两次都行。

罗贝贝没有反对，当然也没表示同意。

孟子的态度并不重要，关键在于这五本台历把他们的婚后生活管理得风生水起。在一道道彩虹交织的勾勒中，让他们有了生孩子的基础，有了为人父母的尊严。没错，用罗贝贝教训唐蜜的话来说就是："没钱？没钱我还好意思生孩子吗！？"

那一夜……记着掐了别播

指针正卖力地朝着22点15分迈进，滴滴答答的步调跟以往别无二致。罗贝贝优哉游哉地倚在床头，专心致志地"画"着台历，那条醒目的黑色水笔线在11月1日戛然而止。

"老公，老公，你快过来！"罗贝贝一个鲤鱼打挺坐起来，对着书房大呼小叫。

"皇后下诏，小生上朝……"孟子忙不迭地放下手中的《格桑花开》，直奔"女高音"频发的卧房。

"昨天刚过完万圣节，对不对？"罗贝贝一往情深地盯着孟子，就像对面有一只新鲜出炉的烤鸭。

"没错，咱妈还让我准备糖果……发给隔壁的小朋友。你……你没事吧，病了？"孟子体贴地将右手放在老婆的额头上，感觉还是软玉温香的37℃。

"我没发烧！"为了以示正常，罗贝贝故意扬起了颀长的脖子，"HD的财政年度正式开始了，外派通知单还没公布，哦耶，明年不会有人去美国喽！"

最近几个月，罗贝贝已然被这倒霉的"外派通知单"折腾得神魂颠倒：每天辰时，她都会像陷入热恋中的少女一般，满怀幸福和期待地奔赴公司；但每天亥时，孟子看到罗贝贝哀而不伤的表情就知道，老婆今天又失恋了！好几次，他都想跑到电线杆子下去记号码，是的，孟子打算劳烦那些办假证的辛苦一下印一张单子，免得罗大小姐最终精神错乱。

此时此刻，孟子无法确定自己的老婆是否正常。

按照正常逻辑，没有拿到外派名额，应该是满脸失望，进而痛哭流涕，但很显然，罗贝贝的症状完全背离基本常识——她兴奋，非常的兴奋；她期待，异常的期待。孟子忽然想到范进中举的著名典故，由此推演，这落第的也会发疯啊！不至于吧，不就是没有拿到外派名额吗？外企这类的机会不是蛮多的嘛……

"快，老公，快点，过来！"罗贝贝那边色眼迷离，迫不及待。

"什么的干活？"孟子被眼前香艳的场景弄晕了，事实上，他已经做好了承接拳打脚踢的心理准备，书上说，微痛感的家庭暴力可以缓解失落的情绪。

"脱衣服啊，傻瓜！"罗贝贝纤纤玉指划过台历上黄色版块的同时，顺手把"雨衣"也丢到墙角。

"夫人，使不得啊！没有外派就没有外派吧，无论何时何地安全第一……"孟子当然清楚危险期的含义，可是，星点理性的绿洲，如何抵抗热情沙暴的来袭呢？

在一系列摸爬滚打、里应外合之后，床上的一对年轻夫妻，表情迥然各异，基本是可以拍照留念那种。

眼神很囧很无辜的是孟子，罗贝贝则是很炯很兴奋，因为她刚刚收获了"侵犯"的成就感。虽然动因略显急迫，但基本环节没有折扣，结果更是超乎期待。

就像在公司里，很多时候，做得如何并不是绝对的衡量指标，关键在于你肯做，由此产生的结果才被定义为执行力，补充一点，多数老板都喜欢有执行力的下属！

镜头回放，剔除缠绵的情色情节，这部大片的主题是关于"孟子牌弹药"的争夺大战——女枭雄罗贝贝夜袭孟家寨。这样讲，有点冷兵器时代的暴力感，不唯美，但是事实就是如此。从战略意义上讲，这样一次转移绝对比两万五千里长征更伟大——长征，诞生了新中国，而"弹药"的转移，会诞生一个小孟子，从此，新的家庭霸主出现！

事毕，孟子在接受采访时严正声称：如果一场欢爱被赋予了某种传宗接代的目的，真的是灰常灰常有压力！

当然，我们都清楚，除了罗贝贝，没有哪家媒体会对"造人运动"兴趣盎然，孟子也知道这一点，所以，他没有赖在床上等待电视台的到来，很知趣地起身去洗手间了。留下了掠夺成功的罗贝贝继续躺在床上回味胜利的喜悦。

经过刚才一役，罗贝贝的确有了不寻常的收获。白皙的皮肤像是被撒上了一层柔和的玫瑰粉色，脸上也绽放着一股神秘而怪异的光芒，眼神温暖而充满力量。

在她的小词典里，职业女性不应该是"鱼和熊掌不能兼得"

的状态，必须是"两手抓，两手都要硬"！如果说升迁代表了事业的高度，那么生子则意味着幸福的长度，二者的乘积自然是人生的圆满指数。

既然眼下没有外派指标，而自己又不想失去未来的机会，那么只有一个选择——在余下的两个月内，必须完成从播种到收割的全部过程，听清楚，是全部的过程！谁不晓得现在幼儿园和中小学都选了"8月31日前出生"的录取界限啊？过了这个村，就只能算进明年的店，所以，"生产大业"不但取决于播种的技巧，也取决于较强的时间观念。

一个女人穷其所有努力，一生也只能制造出400多个卵子，具体到每月指标就那么一两个——这还是在正常的情况下。有很多职业女性已经被岗位的高压折磨得狼狈不堪，大姨妈说晚来就晚来，说不来就不来，当事人还不能有半点脾气。

在这个残酷的背景下，为了不耽误孩子的求学进程，此刻不播种更待何时？

改革开放以来，"时间就是金钱"的概念早已深入人心，但是关于时间就是生命这一点，恐怕没有多少人理解得如罗贝贝这么透彻——时间，就是一个新生命！

书上说，26岁是生育的最佳时机，可惜即将29岁的罗贝贝错过了。所幸，她已经在知名外企HD的市场部"潜伏"了五年，从助理专员熬到专员，从专员熬到主管，从主管熬到经理，对她而言，下一个五年规划的首要目标就是成为市场部总监。所以，她必须争取到外派机会，给自己镀个金身，一旦顶头上司陈一菲升到VP的位置，既定的目标自然唾手可得。

不过，善于规划、精于算计的罗贝贝又由衷希望，能在30岁之前生一个孩子，以此完成自己的人生大计。

早在一年前，他们夫妻二人就综合毕生所学，制订了一份逻辑严谨、条理分明、用词精确的生子计划书，对于孩子未来的设计更是惊天地泣鬼神。从怀孕的身体准备到资金准备事无巨细，全部一一列明。

可是这份完美的计划书却一直搁浅未被实施，原因就在于这个恼人的年度外派。因为在一家国际化的大公司里，萝卜很多，可是坑就那么几个，你若不去先抢占先机，机会怎肯从天而降？依照"占坑法则"，能占到坑的不一定就是体积大的，而是下手快的；不但要快，而且要稳、准、狠，面对着众多机会，你必须掌握"秒杀"的技巧。

每一年的外派名额都会在上一年度的10月底公布，如果没有公布，那就基本说明，这一年将不会有中国的员工被派到美国总部去深造。这个结果对于HD中国很多年轻的经理来讲可谓遗憾、非常遗憾，可是对于罗贝贝来讲，却是失之东隅收之桑榆的最佳契机。至此，大家应该明白了，为什么罗贝贝只在外派未能如愿的失落中停留了一秒钟，就立马投入到革命大生产的行动中去了。

好和坏，永远都是相对的。有时候，有些事总显得这般矛盾、那么纠结，看似山穷水尽，可如果你选择放弃，将中心思想重新梳理，收获的或许就是喜悦、和顺与希望！

诗人说，若你不想生活在阴影里，就不妨转一个身，面向太阳。

只不过，罗贝贝转身速度之快，着实让孟子也措手不及。毕竟生产精子和生产卵子的工序完全不同，所以孟子很难在第一时间理解罗贝贝的急迫性，在行动上自然就慢了半拍。

在浴室里冲洗了五六分钟后，孟子才逐渐从"被蹂躏"的怨男心态中挣脱出来——呀，老婆大人不是发神经，是来真格的了！可是生孩子这件事，就像是考验双方默契程度的"双人跳"。游戏开始之前，起码要事先沟通一下，达成一种默契，这样才可以率先冲线，可是罗贝贝连声招呼都不打就抬腿乱闯，差点把自己拽了一个趔趄，这也太没有团队合作精神了！

好在最后的冲锋是自己主导的，选择那在理论上受孕的最佳体位。更何况每次耕种之前，罗贝贝都数学家一样地精密计算，随即再反复强调，老公，别有压力，顺其自然。

对孟子而言，这种隐隐的鼓励，总让他踌躇满志。作为老孟家三代单传的独苗，自己终于要去完成传宗接代这项伟大的历史重任了！

没错，他姓孟名子，一个听起来"胸怀天下"的伟大名字，但是出于遗传基因的问题，孟子同学严丝合缝地遗传了老孟的"胸无大志"。上学的时候，孟子的人生信条是"好好学习，天天向上"；结婚之后，就变成了"多赚钱，少惹老婆生气"；而现在"努力播种，早点当爹"完全主宰了他的生活。

"今天是个好日子，心想的事儿都能成……"孟子对着镜子嘟囔了几句。

准妈妈主动请缨

孕育孩子，需要一个男人和一个女人的亲密合作；而孕育市场，则需要一群男人和一群女人的齐心协力。

孩子嘛，必须让女人来生，拓展市场似乎可以不劳烦女人。不过在HD中国，市场的事必须由女人来完成，而且是需要非常有智慧和POWER的女人来完成——放眼整个亚太区，只有陈一菲可以担此重任。

一座全玻璃外观的摩天大楼矗立在CBD核心商业区，毗邻全球最大的会计师事务所普华永道。40层的大厦被HD中国征用了一多半，足以显现公司的实力非同一般。

诚然，HD是全球最大的通讯设备公司，占据着全球30%的市场份额，可是在内地，它却遇上了MACH国际这个劲敌。13亿人的大蛋糕啊，为什么MACH国际的市场占有率足足高过自己10个百分点？在HD中国的市场部总监陈一菲的军令状上赫然写着：不惜任何代价，务必年底之前把上述差距抹平。

"这是我们在Q1的销售数据，虽然业绩有所提升，但是和MACH国际还是有很大的差距！"陈一菲意味深长地环顾着市场部的三十几位同事，如果她抹平不了那个数字，自然会有人抹平她的职务。有时候职场真的如战场一样，员工的天职是服从并不断努力。

会议室一片沉寂。鉴于眼下的业绩不甚理想，所以整个HD中国硝烟弥漫，战火滚滚，每天的数据和报表满天飞。各部门之间也已经由年初的你好我好大家好演变成了互相指责，销售部指责市场部的计划及执行力，市场部指责产品的功能不过关，而产品部则指责财务部去年的预算不给力。总之，巧妙的指责技巧既可以让公司上下人人自危，又可以保证彼此的相对安全。

此刻，大家屏气凝神的同时，心里都无比清晰，这次在上海的发布会是多么至关重要：如果成功，就可以在长三角地区扳回一局；可一旦失败，不仅Q3、Q4将会非常艰难，甚至以往的阵地也将会陷入可怕的围攻。

"所以，市场部任何人都不能有任何差错！！"陈一菲指着投影仪，语气无比坚定。

这边冲锋的集结号阵阵，那边有孕加身的罗贝贝则打起了退堂鼓，"去？不去？去？不去？……"十个手指头数了不下五遍，依旧没选出个子午卯酉。

但是，当陈一菲"市场部不能失败"的话音刚落，罗贝贝竟然马上清醒过来，"陈总，我会亲自去组织上海的发布会，您放心，我保证上海的发布会不会出任何的问题！"

所有人的目光都齐刷刷地聚焦到她身上，各怀心思。

罗贝贝赶紧把打印好的关于发布会的流程图、场地设计图等一并递上："所有的方案，我全部认真审核过，没有任何问题；到上海之后，我还会和上海的同事进一步确认；而且，这家公关公司也是我一直在跟，双方的合作也比较默契了，如果临时换人，可能中间会出纰漏！"

陈一菲沉默良久："好，那这次上海的发布会依然由你负责，有问题随时汇报，我需要百分百的无差错！"

"好，您放心！"罗贝贝一直攥着的拳头终于松开，没有想到，去字一落定，自己反而轻松了一大半。

"贝贝，确定你没有问题？"

对于再次征询，罗贝贝把头点得郑重其事。

"贝贝，你知不知道你现在是危险时期？你怀着孕呢！"一个身材窈窕、五官如洋娃娃般的女孩急切地问道。

"当然！"OL女郎罗贝贝回复得无比坚定。成功"劫色"孟子的当晚，她就梦见自己徜徉在一望无际的花海里，所有的花骨朵都冲着自己微笑绽放。事实证明，这是一场具有先兆价值的预示，因为它暗藏了一些天机，当答案在罗贝贝幸福的战栗中揭晓之后，"一击中的"的欣喜给了夫妇二人无穷无尽的自豪感。

"Baby，快到爸爸这儿来！"连一向低调的孟子，也耀武扬威地展示起早已被生活磨平的腹肌……

"知道？知道你还英勇就义？"

"呸，唐蜜，你可别'煮粥'我啊？"

"好，好，好，你是大义凛然，明知山有虎偏向虎山行！人家就是想不通，你干吗抢着去嘛……"

罗贝贝停下脚步，神色异常凝重地回答："美女，不是我要去，是我必须去！"

"老板又没胁迫你，再说了，身怀六甲也可以选择Say No！"

"唐蜜啊唐蜜，进HD中国都两年了，你这脑子怎么还停留在286状态？"

"好姐姐，我这还不都是为你着想！"

"呵呵，这份情意好贵重哦……那我得考考你，知道有哪些高危职业不？"

"建筑、交警、记者……"能在HD中国做总监助理，对这类问题自然对答如流。

"那以后还要再加上一个！"

"什么？"

"在外企工作的并且野心勃勃如我罗贝贝这样怀了孕的——职业女性！"

"你啊，是够危险的，像个母兽随时随地想咬人！"唐蜜小声嘟囔着。

"如果不趁着自己四体尚勤的时候把地基打牢，说不定哪天，我就会被市场部当成鸡肋丢开的——这年头，空降个经理绝对比两口子造人轻松多了！"罗贝贝意味深长地拍了拍闺蜜的肩膀。

与罗贝贝对职场政治的无师自通和鬼迷心窍相比，唐蜜的职场智商显然已经低到了平均线以下。

　　在她看来，剑拔弩张的氛围与丛林法则的厚黑，跟自己扯不上一毛钱的关系，只要把自己一亩三分地的工作搞定，业绩与地位自然会瓜熟蒂落。与罗贝贝紧张兮兮地争取外派相比，唐蜜更看重自己的爱情、青春和快乐。

　　从某种意义而言，生活还是公平的。罗贝贝关注升迁，上帝就派她一个孕妇去出差；唐蜜关注快乐，上帝就安排一帮女人听她讲述各种八卦。于是，在地球上的同一天里，上帝给了罗贝贝早八点的飞机Time，也同时给了唐蜜晚八点的咖啡Time。

　　在东方广场的Delux咖啡厅，其他五枚八婆早已在那里顾盼生辉、搔首弄姿，以此来刺激这个城市的生产力。

　　如果说科技是第一生产力，那么美女就是第二生产力。起码在这个城市里，美女已经成为很多男人继续活着并为之奋斗的最大动力，如果没有了她们，富豪和钻石王老五的产量一定会立马减半。

　　在她们成功地拒绝了六七个搭讪的男子之后，唐蜜才姗姗出现，而作为迟到的惩罚，她必须声情并茂地还原与金浩然同学"床上大战"的场景。所谓闺蜜，当然是泛指可以互相讲述闺中秘史的朋友。不过这种香艳的探讨，往往都是一个愿打一个愿挨，而作为挨完的一方等下不妨再打回去的。

　　唐蜜故作羞涩地一阵推脱，可是在众三八的软磨硬泡下，还是忍不住绘声绘色地展开了评书联播。她一边讲，一边观察听众的表情，特别是尹美娜——两眼放光，面色绯红，口水都快流进咖啡杯了！虽然是住在"上铺的姐妹"，但她终究看不惯尹美娜每次都炫耀那一身叮当作响的名牌——不就是傍了一个土得掉渣儿的大款吗，犯得着这么显摆？

当她们看到唐蜜手机里存着的金浩然的照片时，似乎忘记了身在高档咖啡厅的现状，无知少女小粉丝一样乱作一团，互相争抢着"转载"。

就在唐大小姐自认熄灭了尹美娜的嚣张气焰之时，伊人偏偏恰到好处地展示了一下土财主送她的DIOR手包。于是唐蜜变得不淡定了："美娜，最近没在宝马车里哭啊？"

"如果有钱是一种错，我宁愿一错再错！"尹美娜撩了一下金麦色的波浪长发，示威似的又得瑟了一下最新款的江诗丹顿腕表，不疾不徐地说："不过作为这么多年的好姐妹，我倒是提醒你，别被荷尔蒙冲昏了头脑！"

"切，青春做伴好还乡嘛，估计某些山寨老公想冲也冲不动了吧！"唐蜜从来就不是软柿子。

尹美娜的脸一下子就阴了下来："帅又不能当饭吃！现在倒是郎情妾意，别回头闹出人命来追悔莫及！除非你想腆着大肚子迎接失业……"

"唉，你还是去一下扫盲班吧——根据我国的《劳动法》第二十九条中规定：女职工在孕期、产期、哺乳期内，用人单位不得解除劳动合同。也就是说，法律规定，孕妇在公司裁员时是受保护的类型！"

"别忘了胡怡的前车之鉴……哼！"

唐蜜狠狠瞪了尹美娜一眼，不再搭话，凑过去拉住胡怡的手。

胡怡在学校时就爱上了一位"艺术家"。有好事者总结过，"艺术家是女人的地狱"，可胡美女倔强地认为这才是为艺术献身，哪怕为这"地狱"打了三次胎，如火如荼的热情仍未熄灭，其实大家都知道，她只是为"艺术家"献了身而已！

在唐蜜25岁的人生里，这就是一场非常普通的好友聚会，互相之间倾诉一下苦恼、暴露一下隐私、批判一下生活、憧憬一下未来，仅此而已，一帮女孩子，互相取暖，彼此攀比，除此之外没有任何意义。

怀孕啊，有人想顶你个肺

在洗手间里，唐蜜俨然变成了一个不穿白大褂的科学家，动作严谨，表情严肃。

面对大姨妈迟到一个月的事实，她赫然想起了尹美娜那句"闹出人命"的预言，所以硬着头皮去药店选了盒"蓝梦孕知"。此刻，早孕棒在清晨的肃穆里开始了自身的使命，唐蜜双手合十，心头默念："1、1、1……"

但是生活就是这样，当我们都想顶天立地变成1的时候，结果偏偏就是个2——在事实面前，1只需低头屈膝，自然就变成了2。

早孕棒上，赫然出现两条红线。

晃了晃，还是两条红线；浴霸灯下照耀，依旧是两条红线；再定睛观瞧，两条红线分明变成孙悟空手中的金箍棒，一直在长大，变成两根电线杆，撞得自己满眼都是星星。等金星银星都尘埃落定之后，唐蜜又想到尹美娜，如果不是她的诅咒，自己怎么可能怀孕？

对了，罗贝贝曾说过，体温持续37.5℃高温的状态，才是怀孕的真正标志。她心有不甘地又拿出体温计……口中念念有词地把漫天神佛都问候了一遍。后来的后来，唐蜜悲从中来一头栽倒在床上，像一条被搁浅在岸的色彩斑斓的大鱼。

前几天，她嫩柳的身材还摇曳在HD中国的办公大楼里，引发众多男同事不断暗送"秋天的菠菜"。甚至还被罗贝贝揶揄：你是竞争对手MACH国际安放到HD中国的间谍，通过美人计瓦解HD中国男同事的斗志，以此达到占领中国市场的目的。

这一刻，这条大鱼被自测结果击中，更准确地说是被金浩然的精子击中，这事要是被罗贝贝知道，她一定眨着那双柳月弯弯的丹凤眼骂她："说过一百遍体外不安全，你脑子又秀逗了？"

唐蜜嘴角动了动，有点想这个腹黑心热的闺蜜了，不知道那边的活动做得是否成功？两年前，刚进HD中国的时候，年轻和漂亮这两大武器，竟让她一下子成了女同事的公敌，那时只有罗贝贝愿意帮助她，长此以往，唐蜜和罗贝贝成为难得一见的职场好姐妹。

唐蜜想给罗贝贝打个电话，然而念头刚起就作罢，贝贝现在已经是"泥菩萨过河，自身难保"了，自己再在这个时候麻烦她，多少有点不好意思。

跟胡怡说说？毕竟在未婚怀孕这方面，胡美人非常有经验，可是她又担心胡怡管不住自己的嘴，告诉尹美娜。

可以想象，尹美娜在得知该消息后，一定会用银铃般的阴笑伴随摊开无辜的两手——怎么样，怎么样，被我说中了吧？没有结婚，就怀了孩子，这可怎么办好呢？打掉倒是很简单，可是也会元气大伤啊！不打吧……对！唐蜜你直接结婚得了……双喜临门，恭喜恭喜啊！反正你选男人的眼光一直不俗，不但要车有房，还要才有貌……"

唐蜜的脑子中就像被塞进了一团杂乱如麻的电话线，每个人都像疯狂的业务员一样忙碌在自己的世界，她们互相争扯，竟然没有一条可以疏通她此时此刻的恐惧。

很奇怪，唐蜜是最后一个想到金浩然的。可是刚想拨通那个冤家的电话，脑中却马上浮现出金浩然俊朗的面庞，挺翘的鼻梁，柔软丰厚的嘴唇，最该死的是他那翻翘的睫毛竟然比自己的还长！

金浩然就像是唐蜜25年人生最美轮美奂的一款奶油蛋糕，吃起来飘飘欲仙，可是即使是涂满了巧克力，关键时刻也要顶起那另外的半边天吧！

但是在唐蜜的认知里，金浩然显然已经被定义为花盆，当初就是奔着那份帅气去的，至于其他功能，唐蜜还没有来得及开发。

"唐蜜，可否告诉我，你到底发生了什么事？"陈一菲还算得上是一个好老板，她很少直接数落下属，她深知心情愉快和效率之间有着微妙的关系，但是唐蜜今天的表现已经有点让她忍无可忍了。在残酷的事实面前，任谁都会茫然无助，很显然，唐蜜有点高估了自己。

早上八点五十分，是陈一菲的"Coffee Time"。她会准时走进办公室，脱掉外套，坐在椅子上，一边看报纸，一边喝咖啡。

在陈一菲看来，一杯香浓的咖啡代表美好一天的开始，让自己充满活力、保持优雅，可是唐蜜竟然把她的好心情给抹杀了。咖啡是凉的，不是因为放久了的那种凉，而是因为唐蜜竟然用凉水冲了咖啡，咖啡粉还浮在水面上。

而让她更冷的事情还在后头，下午两点，与其他部门的同步会议，她安排唐蜜帮她影印一份关于市场占有率的数据报告，而当唐蜜把文件分发到其他的总监手里后，她看到他们脸上浮现出莫名其妙的表情。当她最后一个拿到文件时，她强压愠怒地对唐蜜说道："重新复印，五分钟内准备好！"整个文件都是斜着的，而且上面一个非常重要的图表，硬生生被切去了一大半。

会议刚刚结束，一个广告服务商的电话就打进来："陈总，合同我们还没有收到！"就是这个电话把陈一菲逼急了，她昨天吩咐唐蜜到公司后一定要第一时间把合同快递出去，而且必须保证下午五点之前送到。慌乱的唐蜜回到办公桌前才发现，地址刚填了一半，她竟然忘了发快递。

唐蜜坐在陈一菲的对面，感受到了一股无形的杀气。她该如何解释？说自己昨晚没睡好？还是……

平时伶牙俐齿、甜蜜可人的唐蜜面对陈一菲的气场，忽然处于"当机"状态，越是紧张越是混乱，线路板马上就烧毁了。

"你知道，如果广告晚投放一天，会对我们产生多么大的影响吗？几万，几十万？是几百万！唐蜜你知道不知道？！"说到数字时，陈一菲也忽然意识到了事情的严重性，现在正是产品的销售旺季，如果晚投了一天广告，损失确实不可想象，还好，她刚才和对方解释了一下。

"唐蜜，你做我助理也不是一天两天了，应该知道我的做事风格，如果你觉得这份工作压力太大，那你明天就可以再回去做专员！"陈一菲无法再保持她惯有的优雅。

唐蜜看陈一菲"霍"地站起来，一着急，眼泪哗啦啦就流了出来。仿佛多年积压的委屈都在这一刻爆发出来，她这一哭，让陈一菲更加生气："一份简单的影印工作都做不好，还觉得委屈是吗？"

损失几百万的数字确实吓坏了唐蜜，再加上心中无法宣泄的恐惧，唐蜜的眼泪像决了堤一样。瞬间，一张精致的小脸就变成了调色盘，防水的睫毛膏，也被飞流直下的眼泪冲得溃不成军。

看唐蜜哭成这样，陈一菲的气也算消了一半，一年前她把唐蜜从助理专员的位置提成自己的助理，就是看中这个小姑娘的乐观和聪明劲儿，做事也勤奋，最重要的是，怎么说她都不会烦，偶尔阴沉一会儿，就又屁颠屁颠去做事了。她喜欢唐蜜这种没心没肺的样子，但是关键时刻又有着小聪明。

唐蜜平日对她马首是瞻，让陈一菲对她的感觉也有一份不同，内心多少把这个助理当成自己的小妹妹，所以在HD中国，她是多少有些偏袒唐蜜的，不然也不可能只工作一年，就被提升为总监助理。

陈一菲走过去，拍着唐蜜的背，语气柔和了很多："到底怎么了？家里出事了？"

唐蜜像是忽然间获得了温暖，停止了啜泣，低声说道：

"我，我，我怀孕了！"

听到"怀孕"两个字，陈一菲忽然觉得五雷轰顶，内心五味杂陈。

"是……金浩然？"陈一菲见过那个长相酷似金城武的帅气男生。虽说她只是唐蜜的BOSS，无权干涉下属恋爱，却从心里不看好他们的未来。男人的智慧往往与他们的外表成反比，帅气男人是一个女人情爱的开始，也是沧桑的萌芽。互联网的大佬级人物马云这样说过："珍爱生命，远离帅哥。"

陈一菲摇了摇头，这些"85后"的小孩子就像刚从海里网起来的鱼，看起来活蹦乱跳，可是一旦遭遇现实的干涸，就显得不知所措。

"那你们准备结婚？"

"不知道！"唐蜜依旧一脸茫然。

"唐蜜，看你平时挺聪明的一个姑娘，怎么在这些事上却犯糊涂了。想结婚就赶快登记，把孩子生下来，毕竟流产对女孩子来说伤害不小；如果不想，就赶紧找一家好的医院去做掉，拖延的结果是麻烦更大。日后千万要注意，别贪图一时的欢愉害了自己，身体再好的女人也经不起这样的折腾！"陈一菲的脸上多少挂上了一丝恨铁不成钢的表情。

金浩然让陈一菲想起她的初恋男友。这个家伙破坏了自己的美好青春，还未变老，便已沧桑。分手之后，陈一菲像是陷入了一种魔咒，情、爱、欲，和她不停纠缠，没有一个男人可以完整地带给她爱情、快感、物质条件和社会地位，直到在"斗战剩佛"的边缘，遇到现在的老公李吉。

女人过了一定年龄，似乎就对爱情和婚姻不再挣扎渴望了。当陈一菲想通这一点后，便觉浑身超然，无欲无求，可是就在这种状态下，李吉出现了。按照陈一菲以往的审美，李吉绝对不会在她的考虑之列，李吉顶多算是事业有成的中年男子——除了憨厚的嘴唇还算性感之外，身上的其他零部件乏善可陈。

然而好男人就像好车一样，只有你亲自驾驶之后，才知道它的动力是如何的使人意乱情迷。陈一菲是在结婚后才慢慢爱上李吉的，而这种爱就像是一瓶年头久远的拉菲红酒，越久越醇。

望着唐蜜离去的背影，陈一菲又一阵感叹，生活无处不充满着遗憾，没有人可以逃脱！唐蜜遇到不靠谱的金浩然是一种遗憾，而她和李吉，难道就没有？这对被外界称道的名流夫妻，也有不可告人的难言之隐。

陈一菲挑了挑百叶窗，HD中国的同事们都开始络绎而出，急着去赶公车、赶地铁，或是自己开车，在拥堵异常一百年不变的三环上狂按喇叭。

陈一菲随手翻着办公桌上的文件，其实早已没有什么事情需要在今天处理，可是最近一段时间，陈一菲却独独愿意在下班后留在办公室。偌大的一个城市，也就这里，能给自己带来片刻的宁静。她不想回家去面对李吉，一旦遭遇李吉那宽厚温暖的气场，脑海就自动浮现出一幅画面。

那是几个月前，她陪李吉去参加一个企业家慈善晚宴，与会的名流巨贾无不携妻带子，而唯独他们，没有孩子。那个晚上与其说是一个慈善晚宴，还不如说是一个盛大的家庭聚会。偌大的会所里，被一种叫做幸福的空气紧紧地包裹着，大人们在交杯换盏，孩子们在蹦跳打闹。那个晚上，李吉浑身的细胞好像变异了一样，他俨然变成了一个大孩子，像忽然被带到了神奇的游乐园，那些孩子就是最美妙的玩具。他脱了西装，挽起袖子，俨然忘了在这样的场合，应该保持一个绅士的礼节，他甚至没有跟商业伙伴们指点江山，只顾着兴奋地扎在孩子堆里，一会儿抱抱这个，一会儿亲亲那个，有几次还跪在地上，与小朋友一起玩耍。

最重要的是，他也忽略了她，在那个夜晚，她完全被李吉遗忘。她孤单地站在角落里，没有勇气走上前去与那些阔太太嘘寒问暖，这是第一次，在这样的场合，陈一菲露怯了。虽然那晚她的珠光宝气，绝对不输给任何一个女人，可她却觉得自己一败涂地——她没有孩子，确切地说，她不能生孩子。而那晚她才明白，孩子才是世界上最昂贵的珠宝，再美丽的妆容与母性的温柔相比，都会黯然失色。

李吉忘了陈一菲，但是那些阔太太没有，她们时不时就会用异样的眼神打量着这对明星夫妻。这些目光让陈一菲觉得如芒在背，与后来的议论声交织在一起，筑起了一道十字架，陈一菲被钉在上面，脸上还题刻着"罪过"二字。

回家的路上，陈一菲拒绝和李吉说话，不是因为李吉冷落了她，而是那个画面让她觉得愧对李吉，这比身体或者是精神的背叛更让陈一菲觉得愧疚。她知道，这辈子，李吉就是安放她灵魂的那一片温暖水域，而她的水域里却无法回馈给丈夫一个圆满的惊喜。孩子，是她最想送给李吉的礼物，可是无论她如何努力，都无法制造出这份礼物。

而其他的女人，制造这个礼物就像随手从路边的花坛中摘下一朵花那样容易——像唐蜜压根都不想去摘，却偏偏会有人跑上来送给她一枝。

窗外早已是万般斑斓的霓虹，陈一菲忍不住又落了几次泪。随即又想到，最近怎么这般不顺，自己晋升VP的进程阻力不小，恰巧在这个节骨眼上，自己的得力干将罗贝贝却传来有喜的捷报；眼下又跳出来一个未婚先孕的唐蜜。难道生孩子也会传染？

作为BOSS，陈一菲内心有点希望唐蜜去医院处理掉孩子，这样休息一两个星期，又可以活蹦乱跳地重归阵营了。唐蜜聪明，而且和罗贝贝关系也不错，这样就可以让她多分担一些罗贝贝的工作。可是作为女人，她知道流产对于女人的伤害，她不希望唐蜜最后和自己一样……

正在这时，手机响起来："老婆，我在你公司楼下，我们今晚去吃酸汤鱼好不好？！"电话里传来李吉浑厚的男中音。

"好，你等我五分钟！"尽管心中的郁结又辣又酸，可她深知老公日理万机得暇不易，所以迅速地整理起桌面上散乱不堪的文件。

离开办公室之前，陈一菲又看了一眼贴在墙上计划表，10%的市场份额再次变成一块巨石，压得她喘不过气来。

第二章: 总有一些事儿呢, 是不可控的

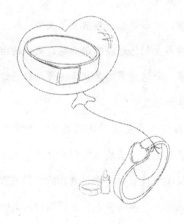

本章语录

· 男人是否有钱并不重要，关键是他有多少钱放在你的口袋里；男人是否帅气并不重要，重要的是他的军火是否全部都放在你的弹药库里。

· 要知道，女人怀孕的过程实则是新一轮的大浪淘沙，陷入旋涡的男人们，有的被塑造成全能冠军，有的被鉴定成"无能之辈"，有的沦落成了出轨混蛋，还有一小部分变成了科幻大师。

· 所谓爱情，无非是把一夜情蔓延成多夜情。在这个城市里，速食的男女们已经没有耐心制造更多的雨中相遇之类的浪漫故事。爱情更多的是从床上开始，而婚姻更多的是在柴米油盐里结束。

· 只要宠物和人的生活区域隔离开，少拥抱，多洗手，大家一起讲卫生，尽量别碰它们的便便，基本就不会出什么问题，反倒是我们自己吃没煮熟的火锅更容易感染弓形虫呢！想想看，在孩子婴儿期，阿猫阿狗对他们的智力启蒙，比任何早教效果都要好……打着怀孕旗号去遗弃宠物，这种人太没责任心了，简直是愚昧加混蛋！！

虽千万人吾往矣

其实喘不过气来的岂止陈一菲，此刻的罗贝贝早已是上气不接下气。在飞机上，干呕的感觉就频频袭来，不料想坐上出租车，仍被一阵阵的恶心击中，这让罗贝贝无从分辨，到底是晕机、晕车，还是因为自己的早孕反应？

"小姐，你还要吐多久啊？"年轻的司机把车停在高速路上的紧急停车带，口吻明显有点不耐烦。

"我没事，一会儿就好，就一会儿……"

"美女，商量商量，钱呢，我就不要了，你就在这儿下车，重新找一辆Taxi？"

"你要敢把我撵下去，我马上打电话投诉你拒载！"蜷缩在后排座、有气无力的罗贝贝依然不是好惹的。

"拜托，这车是刚洗过的，花了好几百块，被你这样一折腾，我还怎么拉客？"

"可不可以让嘴巴歇歇？我又没吐到车上，即便吐上了也会赔偿的，现在叫嚷什么？"

"我叫嚷？自己晕车还出门捣乱，早知道是这样……唉，真是倒霉！"

"你才晕车，我是孕妇好不啦！？做不到尊重也不该歧视吧，什么素质啊！"话音刚落，罗大小姐又开始了新一轮的干呕。平日里，她从来不屑与这种小市民争口舌之快。她的身上兼具江南弄堂的狭隘和世界都市的大气，童年的生活已经锻炼了她做事步步为营的能力。人生的每一步她不一定是最好的，但是从长远来看，也不会差到哪里去，最起码与那些从小生活在弄堂里的玩伴相比，她的生活要强得多。

在选择老公这件事情上，罗贝贝和很多女孩都不一样，她没有随波逐流地选择多金男，而是把安全系数当成了最重要的标准。从小并不富裕的生活已经让她变得非常现实。她清醒地知道，男人是否有钱并不重要，关键是他有多少钱放在你的口袋里；男人是否帅气并不重要，重要的是他的军火是否全部都放在你的弹药库里。几番比较下来，孟子这样的男人显然完全符合罗贝贝的要求。

孟子，N大机械工程的高才生，就像很多这个专业的男生一样，由于长时间与图纸接触，已经基本处于"半机器人"状态，木讷少言、条理清楚、内心纯良，对于罗贝贝这样喜欢摆布和经营生活的人来说，孟子就是她的专属机器人，可以任由她操控。

是的，到目前为止，一切看起来都算美好，都在罗贝贝的掌控之中。就连怀孕也是，可是这可恶的早孕反应却让她有些招架不住，有一种失去控制力的感觉。饶是她反应敏捷，但还是有秽物溅到了米色的套装上，一片狼藉。

司机开开停停，罗贝贝吞吞吐吐，到达预定的饭店都12点了。OL丽人早已经没有丝毫的力气再和碎嘴的司机纠缠，除了车费之外，罗贝贝又大方地丢过一百块在副驾驶位上——权当是空气污染费。

洗过热水澡，又喝了点青菜粥，罗贝贝暂时恢复了一些元气。去HD上海分部之前，罗贝贝把被吐得"花容失色"的套装拿去洗衣房，请她们尽快干洗出来，为了减轻负重，她只带了两套正装，却要在这里待上一个星期的时间。衣服上残留的酸味，让人心生无奈。

这一刻，她忽然羡慕起那些"商人妇"，"哎，要是嫁给有钱人，自己就可以整天在家作威作福，何苦在怀孕期间还要出差？"罗贝贝脑子里飘过燕窝、雪蛤、银耳，飘过小女仆，当脑子中飘过孟子的时候，美梦戛然而止，跟着这个傻大个，恐怕这辈子是享不了这个福了。

其实关于本次出差，坊间另有真实版本——贡献公司是假，封杀席莉倒是真。这样重要的活动，她一定要成为亲历者，绝对不能让任何外派竞争者得逞。所以，任由准爸爸孟子如何竭力反对、再三游说，罗贝贝都是一副"虽千万人吾往矣"般的决绝。

按理说，如此重要的一次发布会，是不应该安排一名孕妇去做现场执行的。但陈一菲几经权衡，还是将信任票投给了主动请缨的罗贝贝。一来HD中国的总裁黄伟明会亲自出席，必须有最专业精干的员工陪同；再则这次的新闻发布会是为打开长三角的市场而准备，而罗贝贝作为对接人与公关公司已经合作了整三年；更何况眼下的罗贝贝，状态与之前毫无二致……

在HD中国的上海分部，罗贝贝与一干人等详细地审核了相关流程，紧接着又跑去活动现场，询问了筹备工作的相关细节。待一切落实得严丝合缝，她才向北京方面条理清晰地汇报，最后还不忘加上一句："陈总，您放心，我保证发布会不出任何的纰漏，随时向您通报这边的情况！"

没错，罗贝贝是个严谨细致的好员工。这一点深得陈一菲的赏识，多年的外企打拼经验，练就了陈一菲的识人能力，她不喜欢那种夸夸其谈的理论家，更青睐做事雷厉风行的实干家。最重要的是，每个人都有自己独特的优势，就像一个火车站的调度室，要保证手下在各自的轨道上安全行驶，而不能撞车。但是在统一作战时，有可能互相补位，打一场漂亮的战争，这些管理智慧的累积得益于李吉，这个外表普通却是内有乾坤的男人。

说实话，陈一菲最看好罗贝贝身上那种小市民的精明和务实——交代的工作基本不会出错，能做的，她会执行得非常漂亮；若是没把握，她也会委婉地告诉你，免得延误战机。用一句更浅白的话讲就是"靠谱"。与罗贝贝相比，席莉的特点是冲劲儿强，什么事都敢大包大揽，但是落到执行的细节，却总是让人不放心。

几年的外企工作下来，罗贝贝深谙一个道理，好员工的定义，不见得是能力超群抑或勤勤恳恳，最重要的是能让老板放心。所以，无论BOSS是谁，她都谨记做事要靠谱。

随着每天的跟进落实，陈一菲愈发放心，这次的新闻发布会一定不会出任何的纰漏。

但是，纰漏还是出了，而且后果还很严重。由此看来，没有永远的信任，长久的信任会让人变得约定俗成，直至麻木，而麻木的结果就是出问题。

孕妇好比不定时炸弹

新闻发布会租用了一家五星级酒店的豪华会议室，与会的代理商与媒体接近三百人，场面气派、热闹，又不显得拥挤，这一切的细节显然都在罗贝贝的预料之中。作为新闻发布会的主持人，罗贝贝的穿着打扮也非常符合HD中国的地位和品质，银灰色的西装套裙融合了时尚的元素，嫩黄的丝巾和胸口简单却闪耀的胸针映衬出低调而非凡的气质。当天有1/4的来宾是国际客商，而她白皙的皮肤和弯弯的丹凤眼又非常迎合老外的审美……

一切尽在掌握，完美得让罗贝贝有些心旷神怡。她仿佛看到HD中国市场部总监的桂冠，就在三年后的某天向自己招手，那已经是中国女性员工的极限了，没错，那时罗贝贝正好32岁！

但是，精于计划、经验丰富的罗贝贝却忽视了一点——自己是一名孕妇，而且正处于妊娠反应期。

发布会在下午两点开始，罗贝贝从书本中得知，反应剧烈的时候一般是在早上，为此她有意将发布会的时间放在了下午，这一点她充分考虑到了。可是她无法预知，怀孕的过程就像坐过山车，将处处险象环生，而游戏才刚刚开始——

酒店的空调是恒温的，但是在这个封闭的空间里，每个人都在呼出二氧化碳，每个人都在散发热量，而且聚光灯在不停地闪烁……这种细微的温度变化，却让罗贝贝觉得整个世界都在变闷，她清晰地感觉到一团异物从胃的底部开始升腾，经过食道继续向上，而此刻，喉咙还要兼具另一项工作，那就是发声——她必须宣布："下面有请HD中国区总裁黄伟良先生向来宾致辞！"莫非出租车上的尴尬要在会场直播？黄总裁已经在调桌子上的麦克风了，罗贝贝狠心下咽，那团异物又顺着食道安全着陆……

但是明显的，食物回流和干呕的声音已经完全被麦克风放大到房间的每一个角落。当时音响调试的效果就是必须让任何一个人都可以清晰地听到发言。

难道是叶酸的问题？书上说，并不是每枚孕妇都需要补充的……那一刻，罗贝贝恍然变成了一个被丢到街边的乞丐，尴尬、羞耻、无助等各种感觉纷至沓来。可是，已经有摄影记者条件反射地把相机瞄准过来，或许他们并不是想留下什么珍贵的镜头，但是在满头冷汗的罗贝贝看来却是如此。

"各位代理商朋友，各位媒体记者，各位HD中国的朋友大家下午好！"那边的黄伟明显然是一派水波不兴的淡定，在他云缱波诡的商海生涯里，一点不合时宜的声响何足道哉？

可是，"下午好"的话音刚落，罗贝贝似乎为了配合这声问候，已经回流到胃里的食物，以更大的反冲力迅速窜出来。虽然当事人反应迅速，用手捂住了嘴，但是依然有部分液体顺着罗贝贝白皙的手指流下来，在聚光灯的映衬下，很像是变态电影里的镜头，会场中已经有个别人产生了反应。

几乎是夺路而逃，此刻的罗贝贝除了嘴角挂着污秽物之外，眼泪已经飞流直下。她组织和参加过很多场发布会，但是这无疑是一场惨不忍睹的噩梦，而她竟然是难堪发布会的女主角！

看着卫生间镜子中那个狼狈的女人，她不敢相信那就是自己。罗贝贝赶忙从抽纸箱中抽出几张纸，擦干嘴角，漱了漱口，清理泪痕的同时，才发现双腿像灌了铅一样，她实在不想再回到那个会议室了！可是，黄伟明的讲话只有三分半钟，她不能让大老板去讲说结束语吧？更何况善始善终是做人的根本，哪怕散会之后就被开除呢……

再次回到会议室的时候，黄伟明已经自行开始了现场互动环节。罗贝贝心里暗自佩服，什么是老板气质，肯定有一条叫处变不惊，谈笑风生。似乎也正是这份镇定自若给了罗贝贝无限的勇气，所以她婀娜多姿、若无其事地走回主持台。黄伟明回答完最后一个问题，也不禁意味深长地看了她一眼。

"非常感谢各位代理商朋友、媒体记者朋友来参加HD中国的新品新闻发布会，正是大家一如既往的支持才让HD中国取得了今天的成绩。作为HD中国的一员，我非常感动，或许是我肚子里的小宝宝也感受到了这份热情，所以迫不及待地想对大家表达谢意，可是选择的方式明显不合时宜，作为他的母亲，我会在会后对这个调皮的小朋友提出口头批评！"罗贝贝说着深深向台下鞠了一躬。

"哟，孕妇啊？真看不出哦……"

"是小男（lan）孩还是小女（lv）孩？"不知是谁用港台腔开始提问，会场的气氛也在笑声中回归原点。

罗贝贝并未作答，甚至完全撇开了之前烂熟于胸的答谢词："其实珠三角地区的市场对大家来讲，也是一个新生儿。如果把HD中国比作孩子的爸爸，那么各位代理商朋友就是孩子的妈妈！这个宝宝能否健康成长，完全取决于父母双方的共同努力。"

"候总，还有长成您这样的妈妈？"

"不服气？跟俺们这儿，谁销量好，谁就长得俊！"台下的打趣声已不绝于耳。

"你们对这块市场的消费者最熟悉，并且拥有更多的经验，而我们的产品大家也知道，是在欧美畅销了50年的品牌。所以有理由相信，有产品过硬的爸爸和了解市场的妈妈，我们的合作将会非常成功，期待HD中国和各位的爱情结晶能尽快诞生！"

这已经完全不像是一场发布会了，愉悦与祝福的因子在空气中蔓延，待罗贝贝发言结束，全场顿时掌声雷动，大家纷纷表示愿意与HD中国喜结连理，早生贵子。有个没头脑的记者甚至跑过来询问，如此新颖的活动主题，很有舞台剧的效果，是哪家公司设计的？罗贝贝有点哭笑不得，她偷偷瞄了一眼大老板，黄伟明正与代理商们握手寒暄，冷峻的脸上显然乐开了花。

等人全部散场，黄伟明径直朝罗贝贝走来，她希望总裁走得慢点，最好片刻后自己可以选择性失聪，这样她就不会听到"You are fired！"坦率地讲，重返会场后的那份故作镇定，在这一刻已到了极限。

黄伟明并没有因为罗贝贝的犯错而大发雷霆，他昂首阔步走向战战兢兢的罗贝贝，口吻恢复了以往那种不容置疑的威严："A good idea！"

罗贝贝确实如愿失聪了，为了证实黄伟明刚才到底说了什么，她赶忙拉住了上海的同事钱多多："多多，刚才大老板说了什么？"

"贝贝姐，老板夸你呢，夸你呢！"钱多多兴奋得像只孵化成功的小母鸡。

巨大的恐惧感终于调频为劫后余生的欣慰，罗贝贝这才想起来有必要大哭一番，刚要放声就意识到还有公关公司的人在收拾场地，随即换成了小声啜泣。

多多忍不住安慰道："贝贝姐，你都怀孕了，以后就别出差了，这种高度紧张的工作……"

自从老婆怀孕以来，孟子就得出了一个结论：孕妇的危险，堪比洪水猛兽。所以，一瞧来电显示，他顿时心惊肉跳起来。

晚上回到酒店，罗贝贝远程地直播了一场号啕大哭，搞得孟子手足无措，恨不得马上飞到上海把老婆接回去。

刚表达了类似意愿，罗贝贝就不高兴了："老公啊，你现在学会铺张浪费了，你知道这一趟飞机票可以给宝宝买多少尿不湿吗？"

"好，为了宝宝的尿不湿，那我不去了！"

"你真没良心！是不是有了宝宝，我就不重要了？你知道我这几天是怎么过的吗？刚来的时候还被司机欺负，是不是当了孕妇就活该被欺负啊，现在连你也欺负我……"罗贝贝哭得愈发理直气壮。

电话打了两个小时，孟子完全晕了。作为一家IT企业的技术主管，他最引以为傲的就是自己的逻辑分析能力，这也是自己能镇得住老婆的唯一武器，可是他忽然发现，自从罗贝贝怀孕之后，他的武器全部哑火，因为人家已经完全不按逻辑出牌了！

飞机票、尿不湿、司机……这些八竿子都打不着的东西硬生生地被扯到一起，而最终的结论是，孟子在欺负罗贝贝。

罗贝贝在被孟子欺负完之后，安然入睡，而欺人的孟子却陷入了无限惆怅——以前的罗贝贝虽然刁蛮跋扈，但是思维条理上还是清晰可理喻的，可眼下自己完全搞不清楚她的脑子里在想些什么。

现在的老婆会不会是六耳猴假扮的？或者是穿着罗贝贝外套的外星人？

要知道，女人怀孕的过程实则是新一轮的大浪淘沙，陷入旋涡的男人们，有的被塑造成全能冠军，有的被鉴定成"无能之辈"，有的沦落成了出轨混蛋，还有一小部分，会像孟子这样，变成了科幻大师。

让子弹飞，那还不闹出人命？

　　本来，在唐蜜的眼里，她的意中人是一枚超级帅哥，是配合默契的床上Partner。可是，怀孕这个事实就像是一瓶碘酒，把姓金的扔进去，显现出的字迹里赫然包含着惶恐、胆怯、逃避、不担当、推卸责任……

　　被陈一非数落、教育兼开导了一番之后，唐蜜自觉腹中累积了一股杀气，今晚，她必须要把真相公布给"肇事者"。更何况金浩然以最近正在封闭开发一款游戏为由，对唐大小姐挂了"免战牌"。

　　开门的金浩然像是一个刚刚失恋的落魄艺术家，胡子拉碴不说，浑身还散发着丐帮污衣派的气息。茶几上高低堆放着几盒桶装方便面，估计是吃完没有来得及及时清理的缘故，调料味与汗臭味，在唐蜜的面前织了一道关于不堪生活的大网，主题是"残酷"。

　　唐蜜看着金浩然，有一种非常强烈的陌生感。

　　怎么可能？这个男人就是她无比迷恋、奉为天使的那个男人吗？满眼的疲惫，满脸的胡茬，满身的汗臭，再配以这阴暗狭小的房间，那些恰到好处的道具，金浩然不再是帅哥，而更像是苏乞儿，不，确切地说是一只下水道里的蟑螂。

唐蜜自觉有一股液体直袭喉咙，便撞开金浩然，直接冲到洗手间去。干呕了一顿之后，才记得打开洗手间的灯，而显现在她眼前的却是，用过的卫生纸凌乱了一地，马桶上的塑料坐垫已经裂开了，更重要的是，马桶里有一圈积淀已久的黄色残留物，灯光就那么刺啦啦地打在马桶里的水面上，让那圈黄色无限延长，像是一个无底洞。

眼前的景象，对于一个憧憬美好、如花似玉的年轻女孩来讲，还有比这更悲惨的吗？

唐蜜"哇"地一声哭了出来。吓得金浩然赶紧跑到门口，敲门，"糖糖，怎么了？！"

可随着哭声渐弱渐息，关切的问候也渐消渐无。当她再次回到客厅的时候，金浩然已经完全进入了工作状态，似乎忘记了亲爱的糖糖曾经来过，曾经哭过。唐蜜掩着鼻子窝在沙发里，数着表，倒要看看这个混蛋需要用多少分钟才可以意识到自己的存在。38分钟过去了，唐大小姐仍旧享受空气的待遇。

人常说，专注于工作的男人是魅力无穷的。那修长的十根手指飞快地敲击着键盘的影像，又帮金浩然平添了一层俊朗的光辉。但此刻，满怀愤懑的唐蜜，早已失去了花痴的耐心。

"金浩然，你可不可以先停一下？"记忆中唐蜜还是第一次直呼其名，以往她都会甜腻地叫着"小耗子"、"小然然"、

"小甜心"、"小相公"……

金浩然显然没有意识到称呼的改变意味着什么，依旧专注地盯着屏幕。唐蜜的双眼正在做着喷火的准备："姓金的，我想和你谈谈！"对面很久才似答非答地"嗯"了一声。

"我怀孕了！"见金浩然还没有停下的意思，唐蜜正式进入河东狮吼的状态。只见她"霍"地从沙发上跳下来，长腿一扫，电源线应声脱离原位。

"你神经病吧你？这个程序我写了四天四夜！！！"陶醉在灵感如泉涌中的金浩然当即就疯了，随手把桌上的烟灰缸扔出去，不偏不倚，正好打在阳台的玻璃鱼缸上，鱼缸应声裂开，两条小金鱼在地板上的碎玻璃上垂死挣扎。

两个暴怒的男女谁也没有去拯救的意思，都僵持在原地。那两条小金鱼是她在自己家附近的农贸市场买的，一条黑色的，一条红色的。她抱着鱼缸坐了半个小时的公交车送到这里，显而易见，那条黑色的是金浩然，那条红色的是唐蜜，而那个鱼缸就是盛装他们爱情的容器。而如今，鱼缸破了，金鱼死了，那他们的爱情呢？

眼泪流过唐蜜的面颊、嘴角、脖颈，一路向下，咸涩而冰冷："你的程序比我更加重要，是不是？"

这样的唐蜜，金浩然是从来没有见过的。他和她认识两个月，唐蜜就像她的名字一样，美好而香甜，与眼前这个像是隐藏着无数仇恨的泼妇扯不上半点关系。"其实你比程序重要，只要这套程序写完了，有人买，就能卖出几万块钱，我就可以给你买漂亮的衣服了！"但他最终也没有讲出口。

有一回在麦当劳，她无意中说起看不惯尹美娜总是炫耀名牌，虽然金浩然不明白女人间的关系为何既相互亲密又互相讨厌，但是他有点明白，唐蜜也有女性固有的小虚荣。

他们结缘于一次网友组织的高水准杀人游戏，在棋牌室昏暗的灯光里，唐蜜的芳心被斜45度的帅哥"秒杀"。那一晚，作为"杀人高手"的唐蜜忽然成了一只可以任由别人宰杀的小绵羊，变得完全语无伦次，毫无逻辑，一颗小红心因为金浩然的一呼一吸而雀跃、跳动。

虽然恋爱中的女人智商容易降至0，但是行动力却可提升至100。所以，金浩然这个恃才傲物的"无业游民"，迷迷瞪瞪地就成了人家的男朋友。再后来金浩然明白了一个道理，所谓爱情，无非是把一夜情蔓延成多夜情。在这个城市里，速食的男女们已经没有耐心制造更多的雨中相遇之类的浪漫故事。爱情更多的是从床上开始，而婚姻更多的是在柴米油盐里结束。

在认识唐蜜之前，金浩然一直不愿意被条条框框所束缚，即使几家上市大公司，也只在里面晃荡了三个月的时间，就炒了老板的鱿鱼。反正在偌大的北京城，游戏软件开发终究是稀缺的技术工种。他相信，有朝一日自己会成为像丁磊或者张朝阳那样的网络精英。

可是认识唐蜜之后，他第一次无限渴望用男人的努力来换取女人的欢心，可这份积极尝试与改变，竟然被亲密爱人一脚踢飞。此情此景让他愤愤不平，可看到那张已经哭皱了的苹果脸，不由得应付了一声："你重要！"

"哇……"女人到底是水做的，唐蜜又哭了起来。

尽管金浩然无法理解，为什么女人就可以有脆弱的权力，而男人却只能站直了别趴下，但他还是大度地将唐蜜搂在怀里，像安抚一直迷路而且受伤的小动物。

"小耗子，我怀孕了……"唐蜜把头紧紧地贴在厚实的胸膛上。

金浩然有些条件反射般推开唐蜜，仿佛前一刻他抱着的蜜罐，这一妙却变成了定时炸弹。

而几乎天下所有的女人，自从子宫里被种了一颗种子之后，都会变得无比敏感。显然平时大大咧咧的唐蜜也感受到了金浩然动作上的变化，而动作恰恰又是内心最真实的反映。无论第一反应是惊喜、迷惘还是推卸，男人都应该紧紧地抱着被他射中的这个女人，在这个时刻，女人最需要的是安慰，而不是推开。

这就是男孩和男人的区别，虽然金浩然的生理年龄已经进化到28岁，但是显然，在心理年龄上，他还只是个大男孩。当孟子得知自己播种成功的时候，他傻笑着将罗贝贝抛向半空："老婆大人辛苦了，我爱你！"如果这个事情换做李吉，他会紧紧地抱着陈一菲，声音里充满感激地讲道："真的吗？我终于要当爸爸了！"

"你什么意思啊？"唐蜜忽然想起罗贝贝对自己的忠告，男人的智商和外表成反比啊，越是漂亮的男人越是靠不住——雌性荷尔蒙分泌旺盛的家伙，只会逃跑不敢担当，早晚有你哭的一天……但她没有料到，这一天来得也太快了！

"这……是……嗯，真的？"

"金浩然！！你是不是想问，这孩子是不是你的？是不是这句？！"看着金浩然的复杂表情，唐蜜不由得一阵悲伤，一阵鄙视，一阵绝望，层层递进愤怒不已。她抓起茶几上一本杂志丢将过去，花花绿绿的铜版纸撞墙落地，不合时宜地展开在《让子弹飞》的评论那页，好像是在提醒这对沉迷于肉欲的青年男女：子弹乱飞？那是要出人命的！

"你不去写小说，真是浪费了想象力！"金浩然也恼了，自打唐蜜进门以来，一切就都变得出格的反常，他真该去查查黄历和星座，是不是最近诸事不宜，水星逆行。

"占了便宜还不承认？你不是男人，是太监！"

唐蜜的口无遮拦，显然不符合自己已经怀孕这一生物学的基本常识，可金浩然同学偏偏对这个荒谬的定位信以为真，于是变得气血翻涌、暴跳如雷。

事实上，唐蜜多少萌生了几分掩口不及的懊恼，但她必须继续无理取闹下去——很多时候，女人并不是不知道自己错了，而是为了面子，或是为了证明男人爱自己，她只能选择将错就错。

"你是不是想打我啊，你打啊！"看着金浩然攥紧的拳头，有一股委屈从心底升起，瞬间化成雨水，大雨落幽燕。

"我……我……"

唐蜜等不及小耗子的申辩，拿起包包直奔楼下。

他的肩膀抗不起"意外"

　　当气呼呼的唐蜜回到自己的闺房，才终于意识到，今天去找金浩然的宗旨并非兴师问罪，实在是为了探讨肚子里的娃儿到底该何去何从。

　　后来的后来，罗贝贝以本场闹剧作为案例——无论是何种谈判都要谨记5W1H原则。"Why、What、Where、When、Who、How"，这虽然不能保证谈判的结果，但是起码可以规划谈判的过程。总不至于像他们这样，什么主题都没有谈，就损失了一个烟灰缸、一口鱼缸、两条金鱼、一本杂志，以及无数的眼泪。

　　收拾垃圾的时候，金浩然也忽然顿悟：唐蜜怀孕这件事，八成是真的！距离愚人节还好久呢，按照唐蜜的性格，不会打提前量打到这个程度……

　　怀孕啊，这绝对是个严肃的命题。可是一旦严肃下来，金浩然就觉得头疼无比、脆弱无比，狭小的房间里，每一眼望过去，都可以望出一条挫败的裂缝。

　　以往，即便是房子再小、再乱，在金浩然看来，这不过就是一个短暂的安身之地，自己不会永远这样，这里的一切都不会成为永恒。可是这一刻，他感受到的都是挫败，每一件物品都像是一条丝线，它们交织在一起……现实就像是一头毛茸茸的黑蜘蛛，它把这些挫败都交织到一起，这一刻的金浩然成了即将被生活吞噬的飞蛾。

对于这对遭遇闪孕的京城蚁族男女来讲，以往的爱恋就像是一把用创可贴黏合的椅子，看起来严丝合缝，现实之手轻轻一触就会土崩瓦解。任凭金浩然的天才大脑再发达，也无法想象，一个如露珠般的孩子将如此降生在这样一个环境里。难道他一出生就要和父母睡在那张小床上？让他吃便宜的国内奶粉，最后变成大头娃娃或者得肾结石？让他穿破旧衣服，忍受小朋友的嘲笑？长此以往，他会不会幽怨地说："爸爸妈妈，你们为什么要把我带到这个世界上？"

对于未来他不乏幻想，但至少到现在为止，还没有出现关于孩子的概念。

接下来的两天里，唐蜜异常平静，没有主动联络金浩然，也拒绝接受来自金浩然方面的任何信息。直到第三天，焦头烂额的金帅哥接到了那个让他魂牵梦萦的电话。

"我不会让你为难的，过几天，我就会去医院把孩子处理掉！"唐蜜的口吻简直比老冰棍儿还要冷酷到底。

"确定一定以及肯定？"金浩然问得很贫嘴也很艰辛，明显是抱着一线希望和一百个不情愿。

"发冷、想吐、爱吃酸的、低烧……该有的症状一应俱全，自测的结果也……无论怎样，现在的我不适合生孩子，而你也不适合养！"

对于自己是否应该拥有一个做父亲的权力，一时间，让金浩然无言以对。

而在唐蜜看来，这就等于默认了。是的，罗贝贝说得没错，这无非就是一段露水姻缘，太阳出来了，所有的柔情蜜意都将消失殆尽。只是她没有想到，这段感情的结束，不是因为彼此厌烦，不是因为第三者插足，他们相守的誓言竟然输给了一个突如其来的孩子！

无论如何，孩子意味着责任，但金浩然明显不愿担当，而一个不想为你承担责任的男人，注定是不爱你了。

或许，金浩然从始至终就没有爱过自己。一直以来，都是自己主动献身的，甚至这场意外也是默许了不做防护措施而导致的结果。

唐蜜抽了一张纸巾，擦了擦已经像断线珠子一样的眼泪，压低了声音说："不过，我可能因此休息一段时间，所以，我需要一笔钱！"

金浩然本来想插句嘴："我们是不是要再考虑考虑？"可还没等"我"字出发，"钱"这个敏感词就直接跳进了金浩然的耳朵。

"……多少？"

看吧，男人都是混蛋，宁可花钱也不愿意承担这份责任，严重内伤的唐蜜迅速在脑袋中盘算了一下，鉴宝估值似的说了个自报价："两万！"殊不知，对于相爱的两个人来说，绝情的话就是一把双刃剑，刺向对方胸膛的同时，自己也体无完肤。

"那……我去准备！"唐蜜的冰冷，让金浩然彻底陷入绝望的深渊。

"等我跟医院约好时间，会提前通知你！"收线之后，唐蜜就趴在床上号啕大哭。她甚至想，最好能把肚子里的那颗小种子从喉咙里吐出来，因为他被种错了地方。

如果说受孕三个月内的胚胎在子宫里还无法附着，处于一种漂浮、游弋的状态，那么唐蜜此刻整个人都如在云里雾里。她呆坐在小区的一平米见方的花坛旁，恍然间感觉自己还没长大呢，怎么又冒出来一个孩子？

一只流浪猫蹑手蹑脚地经过她的身旁，唐蜜下意识地摸了一把，猛然一惊。隐约回忆起电视里播放过，怀孕期间是不宜接触猫猫狗狗的，要么母亲流产，要么胎儿OVER……

唐蜜胆战心惊又颇有心计地拨通了罗贝贝的电话："姐姐，你之前不是说要养条大金毛吗，怎么样，现在计划无限搁浅了吧？"

"美女，我那就是随口说着玩的！要养早就下手了，跟怀孕没有半毛钱关系。"

"宠物有寄生虫，孕妇碰了准遭殃吧……"

"瞎说八道！那个策划部的飞飞，准备要孩子的时候，就带着家里养的三只猫两只狗浩浩荡荡去做弓形虫检查，一切都OK，后来生了个闺女，七斤半呢！"

"啊，不会吧？"唐蜜觉得自己应该彻底上一回扫盲班。

"只要宠物和人的生活区域隔离开，少拥抱，多洗手，大家一起讲卫生，尽量别碰它们的便便，基本就不会出什么问题，反倒是我们自己吃没煮熟的火锅更容易感染弓形虫呢！想想看，在孩子婴儿期，阿猫阿狗对他们的智力启蒙，比任何早教效果都要好……打着怀孕旗号去遗弃宠物，这种人太没责任心了，简直是愚昧加混蛋！！"罗贝贝越说越生气，像是要顺着手机信号爬过来教训一下"始乱终弃"的家伙。

闻听"责任"这个词，唐蜜的泪腺又漾满了糟糕的情绪。她甚至开始希望，时间可以倒流，倒流到她还没有遇到金浩然的日子，这样她就不会怀孕，更不会在怀孕后遭受这样的伤害。

现实生活中，意外就像只淘气的兔子蹦蹦跳跳地出现在我们面前。只不过，有些时候这个意外是受欢迎的，比如彩票中奖；可有些时候，它们只会诱发焦虑、低落、恐慌等负面情绪，让原本摇曳多姿的生活变得动荡不安、措手不及。

除了上述重压，此刻困扰唐蜜的问题可以概括为"饿"，尤其是这种饥饿感和以前空腹的感觉有所不同。她决定大吃一顿，而且要把每道菜都取名"金浩然"——既然这个男人的肩膀扛不起一场"意外"，那还留其做甚？

年轻的情侣们，除了互相伤害这个武器，似乎再也没有其他的办法进行自我救赎了。

第三章：选择优质种源才是母亲的首要职责

本章语录

·怀孕对于女人来说是一个转折点，一旦成了准妈妈，职场就走下坡路了，会被社会甩出一大截去。怀孕的时候被同事挤对，生完了孩子还要喂养，三年内，都别想专心工作……

·从今往后你就是我的枕边人、梦里花，是左手的情诗，右耳的叮咛，是最简单的快乐，是最甜蜜的负担，让我掌心上的爱情线、事业线和生命线都写满你的名字!

·人家对怀孕的理解就是，每餐的内容丰富多多，上车总有人给主动让座，所有家务活都让老公给包了，双方家长塞钱给买好吃的……

·公司是别人的，孩子是自己的，工作是一时的，孩子却是一辈子的。犯不着为了一时的工作，影响了自己一辈子的幸福!

孕妇歧视，也是职场中的潜规则

无论如何，陈一菲还是被罗贝贝连带了。从黄伟明的办公室里出来的时候，她的面色异常凝重。

虽然从上海新闻发布会的结果来看，效果还不错，不到一个星期的时间，已经签约了十家代理商，而且代理商的实力都不弱。

但是从过程来讲，显然不怎么样。孕妇大吐会场，这在注重细节的黄伟明看来，责任并不在罗贝贝，因为一个孕妇是无法控制在何时会吐、何时不会吐的。

呕吐不是孕妇可以控制的，但是作为市场部总监，陈一菲可以控制不让这个孕妇在场。还好这丫头的反应还算迅速，如果没有那个收场，花了几十万的发布会很可能会成为全行业的笑柄，更有可能严重影响HD中国的形象，尤其是导致这次长三角招商失败。

作为一个总监级别的人，特别是像HD中国这样全球知名企业的总监，学会排兵布阵应该是最基本的能力。黄伟明说得很隐晦，多少碍于陈一菲在HD中国的根基和她那个知名企业家的丈夫，但是陈一菲已经听出了话里的意思，出了这样的事情，如果不是陈一菲，而换作其他的总监，估计一定会在高层管理会议上被点名批评的。

陈一菲也知道，这次的事件确实是给她敲了一下警钟，一旦失去长三角地区的战略位置，MACH国际自然长驱直入攻城略地，将直接改变中国市场的格局，俗话说大战无小卒，这一次算是险胜，但是下一次再也不能这样。

娘子军不好带，又何况是怀了孕的娘子军。

HD中国的市场部和任何一间公司的市场部都一样，那就是男女的比例失调。整个市场部，也就五六个男士，其余的都是女人。

谁让女人在沟通上面具有先天的优势呢。然而，到女人怀孕的时候，这些优势就急转直下，变成了劣势。而眼下，她又必须带领这些娘子军去打一场胜仗。这关乎自己的升迁。

在自己的办公室坐定十分钟后，陈一菲让唐蜜叫罗贝贝进来。

罗贝贝知道，是福不是祸，是祸躲不过，在上海的时候，自己收获了口头表扬，那多少是因为黄伟明不想越级处理。而回到北京后，一连几天，陈一菲都在开会，本来以为自己可以躲过去，没有想到，大难临头的日子还是来了。

"贝贝，我听David讲，在上海的发布会，你处理得还算不错！"罗贝贝非常了解陈一菲的个性，她讲话永远都是先褒后贬、话里藏刀的。她永远都不会开门见山，说你哪里哪里错了，但是话里话外，就让你无处遁形。虽然客观地讲，陈一菲算是一个不错的老板，拥有专业的背景，对待员工也算公正，但是陈一菲这浑身上下的优越感，还是给罗贝贝造成了一种无形的压力。被她领导三年，罗贝贝总是战战兢兢，不敢在工作上有丝毫的差错。

"陈总，非常抱歉，因为我让发布会出现了这样尴尬的场面！"除了学会做一个让领导放心的员工之外，还要学会勇于承认错误，罗贝贝总结到，在领导面前永远不要找借口、掩盖错误，坦白可能从宽，抗拒势必从严！

"重点不在这里，我记得是你自己主动申请，要负责上海这个Case的？"

罗贝贝有些心虚地答道："是！"

"那你是否提前预料到了，作为一个孕妇，将会发生的事情？"问得罗贝贝哑口无言，或许陈一菲只是需要罗贝贝简单回答这个问题就可以了。但是通过罗贝贝的翻译就是："为了挤对席莉，你是在以公司的利益开玩笑！"

"对不起，陈总，我对情况预估不足，下次一定不会这样了！"

"很好，我也不希望下次再有这样的情况发生，以后一切对外的活动，我会暂时交给其他的同事去负责！"

罗贝贝最不希望的结果终于还是发生了，作为市场部的一个经理，一切的对外事情都交由其他的同事负责，这意味着什么？市场部本来就是一个对外的部门，这在罗贝贝看来，就是一种对孕妇的歧视和软禁。

罗贝贝站起来往外走，陈一菲叫住罗贝贝："贝贝，我希望你能抽时间多看一些关于孕妇方面的书，或者找一些有经验的孕妇同事咨询一下，每个阶段的注意事项，这样会让你不必这么被动！"

这句话本是出自于陈一菲的关心，而在罗贝贝看来，却是一种警告。

或许是罗贝贝成了一个敏感小孕妇，或许这本就是一个非常现实的职场规则。她从来不知道，在一个Office里面，除了有性别歧视外，怀孕的女性也容易受到歧视。这是因为，你怀了孕，你开始行动不便了，你开始无法像以前那样创造价值了，所以从投入产出比来讲，你的ROI低下了，如果不想被淘汰，你就必须低声下气。

通过这次谈话，罗贝贝再一次深刻理解了什么是职场，所谓职场，无非就是一场功过的平衡。

作为下属，你最好有功无过，但是又不能功高盖主。即使你有再多的功，但是一旦有了过错，身价就会下降了，一下子从贵人变成了嫔妃，说不定哪天，就被打入冷宫了。

中午吃饭的时候，唐蜜特意叫上闷闷不乐的罗贝贝去旁边一家泰式餐厅，那里比较安静，方便说话。

一来是想试探老板对孕妇的处理意见，二来是让罗贝贝帮自己拿个准主意，孕妇也分三六九等，未婚先孕还没人要的注定待遇最低。

"唐蜜，我现在是不是成了公司里的笑话，上海发布会的糗事，肯定会被部门编排成小品的！"

"别在意那些人怎么说，他们都是没事吃饱了撑的，我觉得公司能这么快签到这么多的代理商都是你的功劳呢！"

"真的？你就安慰我吧……"

"骗人是小狗！上海的多多说了好多次呢，发布会的气氛特别好，后排的代理商还以为是我们故意安排的呢！"唐蜜不想让罗贝贝为此郁郁寡欢，从结果来看，也确实是这样，如果换作了其他人，怕是没有那么快的反应。

"唉，我怎么觉得，孕妇就像是怪物加废物呢？"

"贝贝，这么消极可不符合你的风格啊，说说陈老板到底什么态度？"

"还能说什么，这不明摆着吗，我现在成了她的绊脚石！人家一心想成为第一个中国籍的VP，野心怕是连中国区总裁都不止……"

"市场部的表现这么好，她哪还有对手啊？"

"傻丫头，还有营销部头头林方圆呀！销售部要是干得不出彩儿，第一个就会埋怨市场部的宣传推广不到位，这俩部门啊，天敌！你说这个节骨眼上，我这大肚子婆不成了拖后腿的？"虽然罗贝贝的工龄只比唐蜜多了三年，但是对于职场暗战的了解，罗贝贝却要比唐蜜强一百倍。

相比于唐蜜的无忧无虑、没心没肺，罗贝贝更懂得察言观色、耳听八方。所以，此刻她嘴里含着勺子不住地点头。

"在战场上，历来都是主帅稳坐中军帐里运筹帷幄，手下一干人等去冲锋陷阵；现在我这个先锋官没了锐气，为了战功该如何选择呢？"

"换人！"唐蜜终于会抢答了。

"看吧，连你都能想得到，当老板的更不会含糊了！要是不出错，她当然没借口替换我了，可现在……"

"她不会这样吧，这不是卸磨杀驴吗？"

"喂喂喂，你说谁呢你？有这么漂亮的驴吗！"

"哈哈，没说你是驴，就是驴的话，也是一头聪明的美驴！"罗贝贝被唐蜜的无厘头打败，一扫阴霾，也不禁笑起来。"刚才陈一菲已经和我挑明了，以后对外的活动都不让我负责，转交给其他的同事！"

"看来怀孕的代价果然是大大的。"唐蜜回答得略有所思。

"哼，你以为要孩子就是嘿咻半小时那么简单？"

"大姐，半小时就不简单了呢……"

"讨厌！如果生儿育女那么容易，我和孟子犯得着足足等五年啊？为了这个小东西，我们是大胆求证，小心规划，解放战争都没这么艰难！"

"那今天这个情况，超乎你们的预料？"唐蜜充满了对罗贝贝的崇拜。

"算是吧，怀孕对于女人来说是一个转折点，一旦成了准妈妈，职场就走下坡路了，会被社会甩出一大截去。怀孕的时候被同事挤对，生完了孩子还要喂养，三年内都别想专心工作……可是工作机会哪里会等你啊，一茬茬小年轻，像吃了兴奋剂似的冲上来啊！哎，本来还想着怎么着在回家带孩子之前，也能争取到这个高级经理当当的，现在还没有起跑，就已经被软禁了……"罗贝贝埋头自怨自艾了半天，抬头才发现，对面的唐蜜正神游太空。

"糖糖，拜托尊重一下孕妇啦，我讲得好辛苦哦！"

"听着呢！要是连你的状况都这么严峻，那我岂不是还没有上坡就已经下坡了？人生整个成了负数了！"

"乱七八糟，神经兮兮！"

"本来呢，还有点犹豫，生不生是个难题，可听姐一席话，胜读十年书，我决定赶紧去医院……"

"唐蜜？！"罗贝贝像发现了新大陆一样，高喊了一声。

"嘘，别以为当了孕妇就可以在公共场所大声喧哗了！"

罗贝贝这才注意到周围的人都频频向这边观望，也不自觉尴尬起来。

"死丫头，你说……你怀孕了？！"这次罗贝贝把声音压得极低，像地下党对接头暗号。

"嗯，孩子还没芝麻大呢，得过一阵子才能变成西瓜！"

"我说什么来着，不要沉迷于男色吧，现在搞出人命来了吧！"罗贝贝一副恨铁不成钢的表情，"金浩然的？"

"不是他的还能是谁的？怎么说咱们也是革命友谊，别贬低我人格好不好！"对于原则问题，唐蜜同学向来不含糊。

"哎，不管是谁的，总之这个孩子你现在不能要！如果是金浩然的，那就更应该手起刀落。你也不想这辈子就被一次高潮毁了吧？！我周六去做检查，你和我一起去吧，据说整个过程很快的，长痛不如短痛！"

"你是罗贝贝还是罗杀杀？注意胎教好不啦，亏你肚子里还有一个小生命，怎么说动手就动手，比老板还绝情啊！"

闻听自己与陈一菲的对比，罗贝贝莫名地兴奋了起来——陈一菲那样抓啥啥硬的千手观音，偏偏肚子不过硬呢。"好了好了，不说她了，就说你，赶紧把该准备的准备好，周六和我一起去医院，别再拖了！"

"都准备啥呀？"

"打胎和安胎分属于两个学科，具体环节自己回去上网查查吧，我只知道，小产也需要有足够的休息，所以提醒你提前和陈一菲请假！"

哇哦，"闪"得那么有质量

如果说和金浩然的对峙算是一种社会实践，那么罗贝贝的一番演说，就完全是高屋建瓴的伟大理论。当理论结合起实际来，故事已经毫无悬念，如果不想让自己的人生从起跑开始就永远沉沦在第三象限，那么就要快刀斩亲子了。

作为母亲，她最大的责任，就是选择好播种的时机以及种子的来源。如果种子来源于金城武，那么就会成为金家的大少爷或者大小姐；如果种子来源于金浩然，很不幸，他的归宿就是妇产医院的下水道。

显然，在走出公司的时候，罗贝贝是无比郁闷的，但是回来的路上，这种郁闷已经成功地转移到了唐蜜的身上。女人的情绪就像是月经一样，在一起久了，很容易传染的。

陈一菲布置完工作，关切地补充了一句："唐蜜，你和金浩然谈过了？"

"哦，您放心，我不会耽误工作的，这个周末我就会去医院把孩子拿掉！"唐蜜头也没回就走出陈一菲的办公室，这是第一次。

这话听起来阴阳怪气的，好像是因为工作才把孩子拿掉的。陈一菲无奈地摇了摇头，怎么现在的孩子都这样——气节啊、气质啊、气度啊，统统都不可能在她们身上看到，反而是把意气用事发扬光大了。上床是如此，就连拿掉一个小生命也是如此，这就是他们所提倡的自我吗？

陈一菲忽然觉得跟这些"80后"的代沟越来越深，也难怪，自己长唐蜜整整11岁，在职场上基本间隔着四代人。下班之后，陈一菲把唐蜜留了下来，不是因为同事关系、姐妹之情，而是因为同是女人。但唐蜜的兴致显然并不高。

"尽管不是很看好你和金浩然在一起，不过，如果有可能的话，我还是觉得你们应该把孩子生下来——第一胎孩子最聪明！人工流产虽说只是几十分钟的事，可毕竟是一种有损害的手术，一旦……那就是一辈子的遗憾！"

可能因为中午受了罗贝贝的影响，唐蜜多少有一丝不耐烦。她埋下头，一遍遍拨弄着格桑花图案的银质手链——这也是金浩然除了孩子之外的唯一礼物。

"你也知道，李吉多么希望我俩能有个孩子……原以为怀孕是件简单的事，天时地利人和就足够了，可到了真想要的时候……大夫说，我的子宫壁薄，与多次流产有关……"陈一菲的语气平缓低沉，看得出她是多么渴望能像一对平凡夫妻那样享受天伦之乐。

"一菲姐，对不起，因为我的事，让你这么难过……"唐蜜的情绪也随之悲切而茫然。本来下午听了罗贝贝的动员，她已经下定决心"斩草除根"——不是因为赌气，而是要面对现实。但此刻经陈一菲的现身说法，又着实有些后怕。

"没什么，只是希望你谨慎选择，从天真烂漫的小女孩，沉淀为成熟伟大的母亲。"

"嗯，我会谨慎考虑！"

在回家的路上，唐蜜一直幻想着自己的孩子会是什么样……不知道是像她一些还是像金浩然一些，不过可以肯定的是，无论男孩女孩，都会是大高个，皮肤都会白白的，如果是女孩，睫毛最好像金浩然，头发像自己的又滑又顺，再加上金浩然的酒窝，那就是绝色美女了……

"糖糖！"

正准备上楼的唐蜜，被身后再熟悉不过的声音吓了一跳。而这几天因冷战而引发的恐惧、委屈、紧张、无助……这诸多情绪犹如决堤一般涌出眼眶。也不知她哪里来的驱动力，居然噔噔噔一口气跑上了三楼，等金浩然拔腿开追，门已经被唐蜜关上了。

"糖糖，咱们有话好好说，行不？"金浩然不停地拍打房门，引得楼上楼下的邻居纷纷抗议。

此刻，唐蜜坐在床头上，哭得有点上气不接下气。刚才那些关于孩子的美好想象，都因为金浩然的出现变得支离破碎。是的，他们是孩子的亲生父母，更是索命的黑白无常，再过两天，他们就要把这小精灵扼杀在胚胎期——这是个爱因斯坦也说不定呢！

她越想越怕，于是告诫自己一定不能开门，一旦开了门，孩子就保不住了！虽然眼下的肚子依旧平坦，可是她分明已经感觉到了一个小生命正在自己的身体里生根发芽。没错，在这个世界上，唯有母亲能尽到保护之责，她不会让任何一个人把孩子从她的身体里拿走。

唐大小姐终于哭累了，侧耳仔细一听，那讨厌的拍门声也早已停息，金浩然这个混蛋到底还是离开了……她蜷缩在床上，疲倦之余拿起手机。刚看了几眼，泪水又忍不住汩汩流淌起来——

> "糖糖，对不起！这几天，你承受了太多的无助和恐惧，而我没能和你一同承担……好在自己终于理清了人生中最为深刻的命题，这个新生命的到来恰恰是我们爱情最好的见证——糖糖，嫁给我吧！从今往后你就是我的枕边人、梦里花，是左手的情诗，右耳的叮咛，是最简单的快乐，是最甜蜜的负担，让我掌心上的爱情线、事业线和生命线都写满你的名字！"

无辜的手机一定不会相信，这个女子哭了大半夜居然还有这么多眼泪，就如同唐蜜不敢相信平时寡言少语的金浩然会提到结婚。没错，没错，这就是那个混蛋的号码！可等她回拨的时候，传来的却是"您呼叫的用户已关机"。

唐蜜急忙打开房门，发现楼道里已经人去楼空，又不禁悲从中来。

"糖糖！"金浩然从上一层楼梯大声喊道。

"你混蛋！"发现金浩然在和自己玩捉迷藏，唐蜜立刻化悲痛为力量，一把将"混蛋"拽进房间，"你躲在上面干什么？"

"我帮楼上的老奶奶拎东西，我……"

"我恨你！"唐蜜把几天来的不爽都凝结在这三个字里。

"你再大声扰民，房东会让你搬家的……"

"我恨你……"像一个迷路很久的孩子忽然找到了依靠，唐蜜挥舞着粉拳扑向了"混蛋"。

这一刻，让金浩然莫名地感动，他和自己所爱的这个女人，像两颗缠绕在一起的树藤，深深地把根扎进这座城市的泥土里。以往的岁月，或许只能说是混迹，而今，这个紧紧的拥抱，才让他们有了无穷的力量。所以，他趁着唐蜜的双臂稍稍挪动的间隙，悄悄地擦了擦湿润的眼睛……

爱，成了这个城市里青年男女唯一的动力，现实虽然很硬，但是，我们决定扎根下去。

怀孕本来就是一种修炼

"哎，你是不是还有话没有对我说？"当唐蜜在清晨的阳光下睁开眼睛，发现两个人还手拉着手，于是娇嗔地摇醒金浩然。

"一起去喝瘦肉粥？"金浩然显然被幸福感砸坏了头。

"少来！就想这么稀里糊涂地让我做你孩儿他娘？"

"哦，亲爱的糖糖，嫁给我好吗？"金浩然翻过身来，在唐蜜的小嘴上啄了一口。

尽管只是蜻蜓点水般的轻触，唐蜜依然觉得自己被美好包围了，恐惧的阴霾一扫而空，浑身充满了活力，是的，这种相依为命的幸福感俨然比起往日的高潮更加令人回味无穷。

"老婆，好歹给个意见啊，就算不是'I do'，回复个'我顶'也行！"

"那我说实话，你不许翻脸哦……"唐蜜的大眼睛里闪烁着狡诈。

"啊？"

"金浩然是个大傻瓜！哈哈……"看着枕边人一脸茫然兼带神经短路，唐蜜笑得花枝乱颤，前仰后合。

"唐蜜，你太过分了！居然拿怀孕说事儿，觉得很好玩是吗？你简直比《潜伏》里的姚晨还会演戏！"金浩然一边说一边翻身下床，怒不可遏地胡乱套着衣服。

怪不得人家说"男人来自火星，女人来自金星"呢，本来就是开个小玩笑，他居然误会得那么深？唐蜜忙不迭地追了过去："小耗子，我怀孕是真的，没有骗你！"

"哼！"金浩然一副不为所动、伤心欲绝的神情。

"金浩然，是谁说要照顾我一辈子的，这6小时都没到，就失效了啊？我不是因为孩子逼你结婚的！"

"哼！"金浩然抓起包，向门口走去，差点还把鞋子穿反了。

唐蜜一把拉起金浩然的胳膊，想用后背掩住房门："你干吗啊你，人家逗你玩的，这几天你也跟着提心吊胆的，想让你开心一下……"

"别哭！！"金浩然忽然回过头来，看得出来，脸庞因为憋着笑而变得通红，"哈哈，我也是逗你玩的！老婆大人！"

鬼马精灵的大小姐居然会被一个傻瓜骗，还差点又哭鼻子？可还没等她拳打脚踢，金浩然就把她拦腰抱起："怎么样，我也是个好演员，能拿最佳男主角的那种！以后干脆迷恋你老公算了！"

这回轮到唐蜜神经短路了，这还是酷酷的金浩然吗？他的脑筋怎么转得这么快？如果自己的CPU算是奔V，估计他的应该是奔X了；乖乖，如果他拥有奔X的CPU，按道理来讲，开上奔驰就不会太远啊……

"糖糖，我们一定要快乐。只有父母双方心情愉快，生出来的孩子才会更聪明，安全感也更强。"

"真的？一本正经，好像自己生过孩子一样……"

"这几天我在摇篮网上下载了好多资料，你怀八次孕都看不完！"

"呸，呸，呸，你当我是……什么？"唐蜜恶狠狠地把相关字眼咽了下去，抄起一只枕头丢向"猪公"。

"拜托，你这胎教也太提前了，咱孩子以后肯定动手能力特强……"

"哎呀！"

唐蜜一声大叫，又把给金大帅哥吓了个肝儿颤："糖糖，又怎么了？"

"老公，老公，咱们还没有准生证呢！我听说必须是怀孕前三个月就得去计生办，去得晚了罚款不说，连小孩户口都不好上呢……"

金浩然当即来到网上一通攻略搜索，边弄边皱眉头，要不是唐蜜及时出手，帅哥的五官肯定会纠结成包子。

"糖糖，咱们还是先从结婚证开始吧！"

"耶！我这就把户口本骗出来……"

周一的早晨，罗贝贝故意在HD大楼下站了一会儿，准备生擒讨厌的唐蜜。

"死丫头，你不去医院，也不提前打个电话，害我在医院门口等了你半天！打你手机又不接听，你的良心被天狗吃了？你拿美女当空气是吧？"

"好姐姐，您哪能是空气呢，至少也隶属于二氧化碳啊！"

"别想蒙混过关，那是废气，我懂！"

"哎哟，眼下全球最热的话题就是碳交易，少排放一吨二氧化碳，能换好多钱呢！如果以后少在我耳边释放点消极思想，那婚宴上的红包你就可以免了！"

"OMG！孩子不打掉，你还要嫁给姓金的？"见多识广的罗贝贝无论如何也想不通，自己的闺蜜为何选择弃明投暗？

"反正金浩然我是嫁定了！你瞧，结婚戒指都买好了，钻石够大的吧，50分的才80块，像白捡的一样！"唐蜜摇了摇左手无名指，那个玻璃块儿在阳光下居然熠熠生辉。

"我算看出来了，只要功夫深，一日夫妻百日恩，咱们七八百天的友谊也抵不过你俩三个月的嘿咻啊……"

"姐姐，限制话题，胎儿不宜！"

"说到胎儿嘛，上周这肚子长势喜人，产检的成绩是顺利冲关，无惊无险，通过B超看见小乖乖正仰泳中呢！"

"耶！"唐蜜做了一个夸张的胜利手势，"你在前头带路，我随后亦步亦趋！"

"对了，你平时怎么不困呀？我觉得自己现在像猪一样，不用倒头都能睡着！而且是腰有点酸、坐骨神经有点疼，孟子每天晚上又按摩又热敷地伺候着……"

唐蜜耸了耸肩膀以示无辜。"我嘛，除了常去洗手间，就是见什么想吃什么！昨天下班路过烤鸭店，那口水流得简直可以做条件反射实验了！结果金浩然只吃了一点点，剩下的都被我米西米西了……"

"天啊！羡慕死你了！我吐得太厉害了，所以每天只能是清汤寡水清心寡欲，身体力行感悟生命的玄机，简直成了禅修的老和尚。"

"哈哈，怀孕本来就是一场修炼嘛！"唐蜜的那股子小机灵劲儿被点燃了。

"嗯，总算听到一句靠谱的话！对了，你不觉得我罗贝贝要比以往更体贴别人、更理解父母、更有承受力了？"

"这个真没有！！人家对怀孕的理解就是，每餐的内容丰富多多，上车总有人给主动让座，所有家务活都让老公给包了，双方家长塞钱给买好吃的……对了，婚宴我们打算几桌搞定，这就不算裸婚了吧？还有，结婚证和准生证可以同一天办理吗？"

"剧本太乱了，我彻底被你们搞败了！"罗贝贝对这种好了伤疤忘了疼的无计划性决意深表遗憾，她和孟子从相亲到相爱，从结婚到怀孕，整整用了七年时间，可唐蜜和金浩然只花了三个月就悉数搞定！都是"80后"啊，做人的差距咋就这么大呢？

唐蜜身着防辐射服，带着大钻戒，婀娜多姿地走进办公室。于是，HD中国市场部弥漫起愚人节才会诞生的欢快气息——闪婚+闪孕=哇噻！闪婚的有过目睹，闪孕的有过耳闻，可两项同步一起闪的，绝对是开先河之作，他们进入人生快车道了不成？以至于很多同事都以为，这无非是"85后"青春美少女唐蜜小姐跟大家开的玩笑。

市场部男男女女的头顶都金光闪闪，有羡慕的，有不屑的，有交头接耳的，有诅咒的……这一天的HD市场部，更像娱乐圈。

离奇往往代表着一个都不靠谱

接下来的故事就更加离奇。

据说，唐蜜的父母是在婚礼当天才知道自己女儿结婚的。

他们本来是受女儿邀请，说什么公司对家属的答谢参会。唐爸唐妈喜滋滋赴约，去的路上，唐妈还无比骄傲："女儿终于长大了，不但能自力更生，还能请我们吃饭了，太阳打西边出来了吧？哎，我怎么说的，还是养女儿好，你说要是生了个儿子，我们哪能这么清闲地游山玩水啊，即便是一把老骨头了，还要帮他挣钱买房买车，外带养孙子！"

"嗯，全家你最英明神武，行了吧！是你把我从水深火热的边缘救回来，我该你对你感恩戴德！"唐爸唐妈边打嘴仗边找花开富贵厅。

"哟，这里可真够热闹的！"

"老伴，咱走错地方了吧，这里怎么写着'恭祝金浩然先生和唐蜜小姐新婚之喜'呢？"

"真巧啊，新娘子和咱闺女同名同姓！你看还是我起的这个名字好吧，唐蜜，听起来都甜！肯定能沾喜气儿早点嫁了。"

"行，又是你英明！"

"唉，不对吧，闺女说的就是……"

唐妈刚要转头走，一个穿着婚纱的女孩从包间里雀跃地大喊："爸，妈，就是这儿！"

"两位老同志，今天的现场希望你们高度配合。我一辈子可就这么一场婚礼，要是被你们搞砸了，后果什么样谁也不清楚！看到那边录像的没？来，笑一个！"在自己宝贝闺女的威胁恐吓下，二老终于在主宾席落座，表情配合，内心激烈。

唐爸脑海里回忆着，这丫头是如何蒙混过关，将户口本偷运出境的；唐妈则在心里盘算，也不知道这个傻丫头到底给自己要了多少彩礼钱。

直到金浩然给唐爸唐妈敬茶的时候，唐爸唐妈才认真地看了一眼乘龙快婿，模样倒是很受用，也不知过日子靠不靠谱。

喝完茶，仪式算是基本结束了，唐蜜挽着金浩然，像是小兔子一样跑着去各桌敬酒去了。

唐爸唐妈、金爸金妈被晾在一边，八目相对，无比尴尬。按理说，亲家好歹也算婚宴上的二号角色吧，眼下却连跑龙套的都算不上。硬着头皮寒暄吧，这俩倒霉孩子好歹得先让双方父母通个电话呀！

婚礼的当晚，双方的家长都没有留在北京。

金家住在秦皇岛，距离北京三个多小时的车程，两个老人说什么也不愿意给首都添乱，"一宿好几百呢，够给宝宝买一罐洋奶粉了！"看来他们对奉子成婚的后续问题很是忧虑。临别时，金妈还把自己的手链让儿媳妇戴上，让唐蜜着实感动了一番。

唐爸唐妈执意要去洞房转转，可看完之后，唐妈立即决定当晚赶回南京。局促的一居室里只换了一床新被，门口和窗户上贴了一对喜字——没办法，房东不同意大幅变动。唐妈看到这一幕，当即哭成了泪人，她无数次设想过女儿的婚礼，怎么着也得是"谈笑有鸿儒，往来无白丁"的盛况吧，可是眼前的景象与想象完全相反，这新房甚至都赶不上当年自己结婚住的宿舍。

"妈，你哭什么啊，我又不是嫁给房子当媳妇？再说了，不就租这里结个婚嘛，又不是一辈子扎根此地，等小耗子发达了，马上就换大别墅呢！

唐妈已经被气得就快翻白眼了，带着哭腔道："老唐，你过去检查检查，这是咱们的女儿吗？这是哪儿捡来的吊儿郎当的孩子！"

"妈，不用鉴定了！都什么年代了，哪还能像你们那样，把生活都准备好了再考虑结婚生子？我就是你的宝贝女儿，如假包换，假一罚十！"

"还罚十呢，有一个你这样的女儿，我这条老命就快没了！"唐妈被唐蜜这样一逗，也忍不住破涕为笑。天下哪个母亲愿意搞砸自己女儿的新婚之夜？

可是当唐妈刚平复情绪，一堆婴儿用品和孕妇用品又撞进她的眼帘——她发誓她再也不想见到唐蜜了！她彻底参悟到了，女儿结婚生子这等人生大事，和她这个当妈的没有一毛钱的关系，作为一名曾经政府机关的中层干部，唐妈一辈子都觉得风光知足，然而却在晚年被自己的亲闺女打败了，她觉得直到目前，她没有受到起码的尊重。

就像《盗梦空间》，唐妈决定逃离梦境，回到现实。

双方父母的离席，让唐蜜和金浩然的新婚生活多少有些惆怅。但是所谓年轻无敌，第二天早上，他们就从新婚的疲惫中苏醒过来，以无比的激情投入到新的一天中去了。金浩然给自己列了一个近期计划，找工作、看房。

惆怅在唐蜜和金浩然的身上刚一着陆就飘走了，按照中央气象台播音员的说法，顶多算个局部阵雨。可在罗贝贝和孟子那边，早已是中到大雨，眼瞅着就要洪水泛滥。

"我觉得自己现在俨然变成一部搅拌机了，而且还是个质量不合格的，东西完完整整地进去，一会儿就稀里糊涂地出来了。"罗贝贝的妊娠反应像《海燕》中的暴风雨，来得愈发猛烈。

孟子拍着罗贝贝的背，心疼得不得了。等老婆大人吐够了，孟子去打扫战场的时候，也会不自觉地呕上一会儿。

书上说，如果孕妇营养不良，就会影响到胎儿的发育，所以妊娠严重的，必要时需住院治疗。好在医生帮罗贝贝做了一圈检查之后说，身体没有什么状况，吐得这么厉害，一半是妊娠反应，一半可能是因为孕妇的情绪太紧张了，人在紧张的时候也容易产生呕吐的情况。

"在外企上班？"医生边埋头写病历边莫名其妙地问了一句。

"嗯，HD中国。"罗贝贝心里嘀咕，难道现在的妇产科医生的副业是算命？

"现在的女人真不容易，不但要像男人一样去战斗，还要为男人生孩子，尤其像你们这些白领，整天紧张兮兮的，好多人想怀都怀不上呢！"

罗贝贝忽然像找到了知音一样，一个劲儿地点头，她想向英雄的母亲致敬。

医生建议休息一周，适当调养。可是请假这件事让罗贝贝纠结了一个晚上。

上海发布会上的意外已经促使陈一菲实行"软禁策略"了，再在这个节骨眼上请假，自己的地位岂不是更边缘化了？如果坚持继续上班，又害怕这种滴水难进的状态影响宝宝的发育。

"宝宝，你说妈妈该不该请假，我现在全听你的了！"整个晚上，罗贝贝都对着稍稍有些隆起的肚子自言自语，是进亦忧退亦忧啊。

"老婆，公司是别人的，孩子是自己的，工作是一时的，孩子却是一辈子的。犯不着为了一时的工作，影响了自己一辈子的幸福！"孟子实在"忍无可忍"，义正词严地给出了结论。

次日，罗贝贝硬着头皮敲开了老板办公室的门。

陈一菲的语气依旧很平静："那你注意照顾好自己的身体，我会暂时安排其他的同事来接替你的工作。"

看情形，自己分明成了陈一菲晋升的绊脚石，甚至成了整个市场部发展的拦路虎，其他同事的工作做得好好的，谁愿意替你多承担啊？罗贝贝想着想着又郁闷了。

第四章：怀孕让生活的天平偏向哪一边?

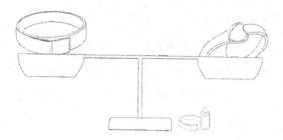

本章语录

· 或许怀孕的过程与《童年》中的感慨一样，度日如年的生长之路，自由被以爱的名义禁锢，当然还有对未来无限美好的憧憬……

· 没有怀孕的女人像昆明，只要你伺候得法，基本都是四季如春。就是偶尔因为生理因素情绪波动，但只要甜言蜜语哄一哄，很快就雨过天晴。而怀了孕的女人像日本，什么海啸啊，地震啊，随时都有可能爆发。明明你还在睡觉，梦里也没有招惹到她，她就忽然翻脸了，非得把巨大的能量释放出去才能消停。

· 关系就像是韩朝关系一样，虽然摩擦不断，但是彼此都极尽克制，虽然彼此都能在对方身上发现新的毛病和仇恨，但是都不敢真正动起武来，毕竟同根同祖，血肉相连。最重要的是，在关键时刻，孟子总是会扮演起中国的角色，出来调停一番。

· 没有人告诉他该如何做一个丈夫、做一个爸爸，他只能靠着父亲留给自己的记忆去接受现实、去尝试，可是很显然，即便是一个程序天才，也无法设计自己生活的轨迹，更无法解析女人的思维逻辑。

事关男人的第三次发育

"老婆，来吃鸡蛋羹！"孟子给罗贝贝在床上支了个小桌。

"吃，吃，吃，你每天除了说吃还是说吃，还让不让人家搞点事业了，是不是想把我当成猪养啊？"

孟子被噎得一愣一愣的，搞不懂又因为啥惹到了这位姑奶奶，于是他把手在围裙上擦了擦，唯唯诺诺地在床边坐下。

"谁再提吃字，谁就是小狗！"

"好，好，谨遵皇后教诲。"孟子的脸上一边挂着委屈，一边挂着傻笑，像一幅毕加索的抽象画。

罗贝贝刚尝了一口，忽然笑得前仰后合，搞得孟子的警惕指数骤然提高了八度。

"怀孕的到底是谁啊，瞧你穿成什么样了？"

孟子对着镜子一看，哟，可不是嘛，这草包肚子……孕期伊始，罗大小姐的胃口就一直欠佳，各种营养食品最终基本都归不肯浪费的孟子同学消化，不吃肥才怪。这件围裙印着一只扎蝴蝶结的小熊，穿在女主人的身上颇显卡哇伊，可是套在这个一米八三的大个子身上就显得特别搞怪，再被那小肚子一顶，还真以为有五六个月身孕了呢。

"你别这么逗我了，我笑得肚子疼，宝宝会以为是闹地震！"

"这个我还真不知道，等会儿百度一下，不过我想如果你多笑点，宝宝就会长得像你一样聪明漂亮，你要是总生气，宝宝估计长得就得像我又傻又丑，你的喜怒哀乐决定了他的一切啊！"

罗贝贝拿起床头的枕头就朝孟子扔过去："讨厌！我这一怀孕，你就像变了一个人似的，嘴巴都跟抹了蜜一样，你以前整天蔫蔫巴巴的样，半天也说不出个子午卯酉！"

"专家不都说了吗，陪伴女人怀孕生子，可以帮助男人第三次发育！"

"那我真好奇你能发育成啥样，最好能长出一个子宫来，让你们也尝尝女人怀孕生子到底有多辛苦！"罗贝贝就借此在孟子的脸上狠狠地揉着，恨不得以此验证他是否采取了易容术。哼，新闻里都报道了，美国有个叫托马斯的男人都怀孕生产两次了，孟子他凭什么不能争口气？

"老婆，我这有一条妙计，不知当讲否？"

"少来！"

"你挺着肚子去上班，实在太辛苦了！"

"哼，傻子不想当全职太太啊，可我没那种命呀！每天一睁眼就欠银行的房贷，再加上吃喝拉撒，我不上班了，你去抢银行？"

"全职太太是你的心愿，也是我的心愿，但是现在还不行，社会还需要你，HD中国更离不开你！"孟子觉得自己像一名传销人员。

"你还说，你还说！我穿成这个鬼样子，咋去上班啊？"每次想起自己曾经一尺九的腰身，罗贝贝就恨不得撞墙。于是，她把一套"麻袋装"丢到地上，冲着孟子高喊口号："我们孕妇也需要时装，在公司必须穿得更漂亮！设计师都是怎么想的，为什么不能关爱一下伟大的母亲？"

"嗯，我一定向有关部门反映情况……"

"得了吧，你到底要说什么？"知夫莫若妻，孟子讲话绕来绕去的时候，肯定是在思想上起了什么变化。

"我想，要不把咱妈接来照顾你吧！"

"是你妈还是我妈啊？我妈最近的身体可不大好……"罗贝贝终于参出了孟子的意图。

"是我妈！她知道你怀孕后就一直嚷嚷着要过来，我知道你不愿意和老太太一起生活，所以也就一直拦着呢……可是你现在需要特别照顾，我就想要不就让她过来住几个月，起码能给我们做做饭、洗洗衣服！"孟子一点一点地试探着。

罗贝贝一听老秦要来，当即面露愠色。

其实老秦不算是个恶婆婆，比起那些每天没事找事的婆婆来，老秦还算不错，年轻的时候在一家带死不活的机械厂做会计，后来厂子效益不好，就办了内退，在小区里开了一间小商店。

老秦和孟老师，也就是孟子的老爸，一辈子兢兢业业，也就攒下了孟子和孟姜女这一对儿女，一处60多平米的老房子，还有这一个小卖部。

那一年，他们准备买房子结婚的时候，首付还差六万块，可老秦同志犹犹豫豫了很久才赞助了一半。这让罗贝贝很不高兴，心想，男人提供房子，女人提供美，这本来是就是天经地义的事啊。自己和孟子借钱是解燃眉之急，又不是不思进取的啃老族。当然了，从二老的职业来看，这一辈子也确实攒不下什么钱。

　　罗贝贝从小生活在上海的弄堂里，多少也沾染了这个大都市的格调化，总感觉自己隶属于穿着白纱、打着阳伞的大小姐，可是一旦遭遇老秦这个大嗓门儿的东北妇女，就像是被沙尘暴袭击了一样，一下子变得灰头土脸的。荧屏里的东北口音，的确能够引爆笑点，可是如果这股大糙子味就弥漫在你每日的生活里，那就是无论吃了什么山珍海味，嘴里的味道总还是粗粗的涩涩的一样。

　　老秦除了重口音，还有一个非常让罗贝贝接受不了的习惯，那就是吸烟。虽然现代都市里，女人抽烟已经不是什么稀奇的事情，可是一看到老秦那经年累月被熏黄的指甲和牙齿，罗贝贝的胃里就不舒服。

　　"唉，做男人难啊。现在是在老婆和老妈之间当夹心饼干，将来再加个孩子，那整个就是三明治！"孟子冲着背对着自己的罗贝贝倒苦水。

　　罗贝贝在心里飞快地进行着风险评估：自己的一日五餐必须重点关照，不可能总是请假吧；孟子怎么说也是一家IT公司的技术总监，也不能总是让他为自己分神；要是请个保姆吧，每个月钱也不少花，万一心术不正则后患无穷……

或许让老秦过来也是一个办法，俗话说，母以子贵，贡献和享受都是成正比的。自己这肚子里怀着老孟家的种，无疑是一把上方宝剑，她可不想成为看婆婆脸色的小媳妇。

沉默了半天，罗贝贝把身子转过来："那就让你妈过来吧，不过必须提前做通思想工作，你刚才也说了，要让宝宝在肚子里也能感受到快乐幸福，所有人都不能搞特殊化，婆婆也得为营造和谐的环境作贡献！"

接下来，儿媳妇列了一大堆老秦或有或无的毛病，勒令孟子向他的老上级汇报，令其逐一改正。

孟子满口答应，改造老妈的工作就交给他了。

"你再给我唱首歌！"临睡前，罗贝贝提了最后一个要求。

"池塘边的榕树上，知了在声声叫着夏天，草丛边的秋千上，只有蝴蝶停在上面，黑板上老师的粉笔还在拼命唧唧喳喳写个不停，等待着下课等待着放学等待游戏的童年……"

唉，凑合听吧，反正孟子牌点唱机里永远只有这一首曲目。或许怀孕的过程与《童年》中的感慨一样，度日如年的生长之路，自由被以爱的名义禁锢，当然还有对未来无限美好的憧憬……

双面胶，今天你要秀哪面？

　　三天之后，老秦就从铁岭那座大城市赶了过来，甫一亮相，就展现了滑稽可笑又无可奈何的元素，让罗贝贝充分意识到"改造大业"任重道远。

　　为了显示对婆婆的重视，罗贝贝打起精神跟孟子去了火车站，北京站依旧是五十年不变的人山人海。

　　"说不让你来你偏来，这人多的，要是谁撞了你怎么办？"

　　"老公啊，接待这事是重视程度的集中体现，就因为是婆婆，我才亲自出马，要是你岳母来，我当然沦为配角，舞台任你充分表现！"

　　"得，这话要是让你妈知道了，还不跟你断绝母女关系！"

　　"我妈才没有那么小心眼儿！我敢和你打包票，要是我不亲自迎接，你妈一定会背地里数落我……"

　　"这说明你还是不了解她——我妈就是刀子嘴豆腐心，对待同志还是春天般的火热，像我一样优点多多！"

　　"唉，我上辈子一定是欠你的，你以后要是敢对我不好，我和肚子里的孩子都不会轻饶了你！"

"宝宝还没落地，你就开始搞阶级斗争，那以后我的家庭地位肯定还不如第三世界呢！"

"呵呵，你是新兴经济体行了吧……"罗贝贝贪婪地依偎在老公的臂弯里，一路穿过逆流的人群，来到站台上。

可是左看右看上看下看，好半天也没有见到老秦的身影。"你妈是不是坐错车了啊？"罗贝贝有点着急。

"不可能，昨天晚上我爸打电话，说就是这趟车，6车厢！"刚想给孟老师那边打电话，就见老秦从列车尾部蹒跚走来，后面还跟着同样拎着编织袋子的乘务员。

孟子赶忙跑过去："妈，你怎么才下来啊！急死我们了！"

"大娘，以后自己出门，别带这么多东西了，你可以提前去邮局邮寄！"乘务员嘱咐了一句。老秦满脸大汗地表达着谢意，还吩咐儿子写表扬信——要不是人家主动帮忙，车厢里根本放不下这么多行李……

罗贝贝远远地看着老秦，不觉有一丝绝望，老秦穿着一件大花布衫，一条黑色的紧身松紧裤，烫焦了的头发胡乱地在脑后抓起来，脸上估计是打了粉的，可是现在已经被汗水冲得一条一道的，刘海儿湿嗒嗒地贴在额头上……她感觉自己一贯引以为傲的精致，就这样被婆婆打了折扣，而且一直降成了团购价。所以，也顾不上婆婆对"孟三代"的口头表彰，一路上都闷闷不乐。

上楼的时候，电梯被孟子一家占了一半的面积，老秦似乎是不放心手里的袋子，就一直提着。在这个狭小的空间里，来自老秦身上的汗液的味道让罗贝贝觉得局促尴尬，"这是你们家亲戚啊？"有位相熟的邻居好奇地提问。

"是我婆婆……"罗贝贝的声音压得不能再低，就想赶紧从这部电梯里逃出去。

进了房间，老秦只顾低着头从袋子里像掏宝贝似的，左一样右一样地摆开了摊儿。罗贝贝从衣柜里拿了自己的一套棉布睡衣递了过去："妈，这一路估计累坏了，这些东西你就让孟子去收拾吧，您去洗个澡，解解乏！"

"不累，不累，你要是能给我们老孟家生个大胖小子，就是再背十袋子来我也不累！"

孟子防微杜渐，立马插话道："妈，贝贝非得要跟着我去接你，现在估计累了，让她进去先休息一会儿，我帮您收拾……"

"那赶快去休息，可不能连累了我的大孙子！"

看到老婆脸上已经接近乌云滚滚，孟子赶紧扶罗贝贝进了卧室。老秦对儿媳妇的不悦没有丝毫察觉，在那儿自言自语道："这是补血的大枣，血气足了，大孙子一定红扑扑的；这是野生的榛蘑，炖小鸡吃了，大孙子肯定跟着沾光；这一箱柴鸡蛋可把我累坏了，别说，老孟包得还真严实，一个都没破……"

老秦，作为一个五十多岁的中老年妇女，孙子的到来似乎成了她返老还童的兴奋剂，而她越是兴奋，媳妇就越容易误解——自己不过是一个家族传宗接代的机器。

罗贝贝"砰"地把门一关，径直走到阳台上，一声不吭。孟子知道，这是山雨欲来的征兆。便小心地蹭到罗贝贝的身后，嗅一下，下一秒将刮几级大风，也有可能是雷阵雨。

还好，在怀孕之前，他就非常坚决地黏着罗贝贝去上了怀孕辅导班，多多少少做了一些心理准备。而实践也证明，面对孕妇，你绝对要有一个气象学家的敏感、耐心和智慧。

　　没有怀孕的女人像昆明，只要你伺候得法，基本都是四季如春。就是偶尔因为生理因素情绪波动，但只要甜言蜜语哄一哄，很快就雨过天晴。

　　而怀了孕的女人像日本，什么海啸啊，地震啊，随时都有可能爆发。明明你还在睡觉，梦里也没有招惹到她，她就忽然翻脸了，非得把巨大的能量释放出去才能消停。

　　经孟子气象台观测，这次可能是大暴雨。孟子刚用雷达测试完，罗氏风暴就扑面而来："姓孟的，什么意思啊？我要是生了女孩，一定是你们老孟家的千古罪人了？"

　　完了，老妈刚才的无心之说，触雷了！孟子一阵阵地心慌，"我不是早就和你表明态度了嘛，无论男孩女孩我都喜欢，只要是你生的！"

　　得，本想借机重申立场，结果换来了罗贝贝的泪飞化作倾盆雨："你，你还想和别人生？！"

　　"那除非她们都叫罗贝贝，还长得和你一模一样！"

　　"姓孟的，你就知道气我！"

　　"老婆，咱以后可别这么喊了——性梦的内容多三俗啊，这样的胎教会把咱宝宝教坏的！"

　　看着罗贝贝破涕为笑的样子，孟子不由得暗暗膜拜自己。最近三个月讲的话，比他以往三年的总和还要多。他现在每天的生活被分割成了两部分——在公司，勤奋得像头驴，围绕着最近的岗位一圈一圈地奔跑，还总担心他努力的程度赶不上这个城市通胀的速度；而回到家里，他必须迅速变身成猴子，为老婆的开心上蹿下跳、抓耳挠腮。或许自己无法为孩子创造一个富贵的未来，但提供一种健康快乐的环境，这是所有父亲的应尽使命。有一种职业叫爸爸，对此，他充满骄傲。

"老孟，你妈是不是特别重男轻女啊？"

"哎，你别往心里去，他们那一代人都那样，多少还有点封建，我妈怎么着也是一个知识女性，不会那么钻牛角尖的，孙子孙女还不都是老孟家的！"

"反正别让你妈再提生孙子的事了，你也知道，孕妇不能有压力！"

"放心吧老婆，我一定为你创造一个真空的环境！"

"那缺氧了怎么办？"

"没事，我给你做人工呼吸！"

医生说得没错，罗贝贝的剧烈反应多半来自岗位上的压力，而婆婆的到来，反倒让她愈发紧张局促——与其和老秦在家里闷着没话找话，还不如去上班呢，起码还能和唐蜜胡侃一会儿。

再次踏入阔别一周的办公室，罗贝贝有种小别胜新婚的亲切感。所以刚到午餐时间，她就拽着唐蜜直奔那间性价比超高的自助餐厅。

"快说说，老板对我请假特不满意吧？"

"她这几天是挺反常的，具体针对谁就难说了。出差少了，开会少了，到了下班时间就打发我回家，把自己关在办公室，听听音乐，翻翻杂志……"唐蜜的胃口总是那么好，一大盘寿司卷转眼间都见了盘底。

　　"啊？该不是李吉……有外遇了吧？"罗贝贝没去当娱记，这绝对是八卦制造业界的重大损失。

　　"别讨厌啊，快当妈妈的人了，更要注意积点口德！"

　　"如果你是身价快九位数的男人，除了事业还会琢磨啥？"

　　"去学坏？"唐蜜又拿起一块小蛋糕，"反正我们家耗子说了，等日后发达了，肯定跟我生一窝小耗子！"

　　"我觉得李吉一定也想当爸爸，可惜自己老婆……想想看，凭他的条件，有多少女人哭着喊着要替他生孩子呢！"

　　被罗贝贝这么一说，唐蜜多少有点动摇："不过我看李吉挺宠咱老板的，又接下班、又送鲜花的特别呵护，简直是好男人的绝版教材了！"

　　"拜托，爱老婆和爱儿子，感觉肯定是不一样！"罗贝贝对唐蜜的情商很是失望。

　　"你说，陈一菲是不是被咱俩刺激到了？！"

　　"有可能……特别是你！人家那么努力还是无果而终，你这无心插柳倒是一击中的！还天天在她眼皮子底下晃来晃去的，本来不惆怅，看了你也闹心了！"

　　"哎，家家有本难念的经啊！"唐蜜一声叹息，随即又反问罗贝贝，"你们家那本呢，还写啥了？"

婆婆让孕期的家庭变得拥挤

　　那个午后，罗贝贝在半梦半醒之间，还没有缓过神来，就听老秦在客厅里操着那浓重的东北腔在给孟老师打电话，恍惚间感觉自己在梦里见到了赵本山和宋丹丹。

　　"老孟，你嘎哈呢呀？自己个吃饭别糊弄，知道不？"

　　……

　　"俩孩子都老好了，惦记哈呀？王府井啊，去了！可不咋的，我觉着那比电视里热闹多了……"

　　罗贝贝绘声绘色地学起老秦的强调，唐蜜已经笑得趴在桌子上了。

　　"我觉得你在HD中国，真是屈才了，你就应该上春晚，小品事业从此后继有人了！"

　　"还笑，你不知道每天被这样的东北大糍子味熏陶，我都快成兵马俑了！"

　　"姐姐，兵马俑在西北好不好！"

　　"都土得掉渣了，谁还顾得上东西南北啊！"

　　唐蜜用手按着肚子，生怕笑声太大动了胎气，可罗贝贝倾诉的闸口一经开启，连日来的不满便集中迸发出来："你不知道，这只是第一层，声音污染！"

"还有第二层？"唐蜜觉得事态有点严重。

"嗯，食物污染！"

"她给你带的东西变质了？"

"那倒不至于，不过再吃她做的饭，你知道我会变成什么吗？"

"恐龙？老虎？猪头三？"

"讨厌！我都快变成蝙蝠了！你不知道她每次做饭要放多少盐，每一盘都弄得跟咸菜似的！"

"服务员，卤子不要钱，那来一碗卤子！哈哈！"唐蜜登时想起了小沈阳和《不差钱》。

"头两顿，我勉强吃了几口；第三天我夹菜都放到白开水里涮一下，可她还是那样，我就急了，跟她说，您是不是希望您孙子还没有生出来就得气管炎啊！"

"不愧是HD中国的市场部经理啊，这话给力！"

"老秦嘴里还含着饭呢，眼珠子瞪了我半天才把饭咽下去，特不情愿地说，下次一定注意。我们东北人口味重，立马还改不回来……"

"啊，这顿饭吃的……孟子没有和你急啊？你那么挤对他妈？！"

"当时倒没急，不过一个晚上都没有怎么答理我。其实话一出口，我就后悔了……"罗贝贝自知理亏地低下了头。

"怎么着那也是他亲妈，如果连这点立场都没有了，这男人不值得嫁喽！"

"哎，我又不是悍妇一枚，可是这婆媳共处一个屋檐下，的确没有办法把她当成亲妈看待……"

近来一直钻研换位思考的唐蜜顿时来了灵感："你说，要是你妈被你嫂子这样欺负，你做女儿的心里能舒服吗？"

"行啊，小美女，几天不见，精神文明建设初见成效嘛！"

"没办法，人吧，这心里阳光，看到的就都是美好！"唐蜜觉得自己的胎教课非常到位。

接下来，罗贝贝极力忍受着婆婆，比如那满屋子的蘑菇味，比如老秦下楼忘了锁门了，又比如煲给孟姜女一个小时的电话粥……要不是眼下自己需要一个免费的保姆照顾着……哼！等孩子一出生……

事实上，老秦同样极力地忍受着城里长大的儿媳妇，为了老孟家的孙子，她必须要卧薪尝胆、忍辱负重。

老秦偶尔会很后悔，她觉得自己错过了很多次修理罗贝贝的机会。

如果时光倒流，她就不应该同意他们的婚事，早听说南方的女人难伺候，她还不相信，结果自己真就摊上了一个。不过当时孟子长得一副呆呆傻傻样，人也木讷，自己也担心儿子找不到媳妇，那时罗贝贝还算懂事，阿姨长阿姨短的，自己一不留神就同意了。

如果三年前，孟子买了房子，自己就跟过来，就凭她老秦在老孟家说一不二的实力和地位，三年的时间怎么着也把罗贝贝收拾得服服帖帖的了。可是自己偏偏也错过了，一心想着自己能在老家开个小商店，多赚点钱，将来好供着孙子上好的大学，最好还能出国留学去。

　　老秦这一生没啥大的追求，唯一的理想就是让儿孙都能读好书，长大做学问。她就挺为孟子骄傲的，考上了名牌大学，娶了都市媳妇，进了好公司，还做了一个不小的领导，不枉费她给儿子起的名字——孟子。她知道历史上有一个很伟大的思想家叫孟子，虽然她并不知道孟子到底有多伟大，但是她很希望当别人提到孟子的时候，也多少可以联想到孟母三迁的故事。老秦觉得，一个伟大的儿子背后一定有一个更伟大的母亲，就好比自己现在的角色。

　　老秦本来也想三迁的，其中一迁就是让孟子迁出国去，但是孟子没有出得了国，为此老秦很自责。怪就怪在自己没有那么多钱，要不然说不定孟子现在就能娶个美国媳妇呢。"哼，要不是我们家没钱，能便宜了你罗贝贝？！"老秦郁闷地想着。

　　儿子看样子是扎根中国了，她就一门心思想让自己的孙子出国。就是为了这个崇高的目标，老秦再一次失去了教育儿媳妇的机会，眼下介入的时间非常的不对——现在大着肚子的罗贝贝，她半个手指都动不得，大气也不能出一口。

　　所以老秦就觉得越来越郁闷了。

　　老秦每天六点钟就起床，帮罗贝贝和孟子做好了早餐，送走了他们，就一个人待在房子里。老秦手脚麻利，一个钟头的工夫就把屋子收拾好了，其他的时间无处打发，就把电视的声音调得大大的，她总想和电视里的人说句话，可是没有人答理她。

老秦有点想念自己的小卖部了，那间10多平米的平房，就在小区的门口。小区里的人都是自己的老同事，每天人来人往的，进出门都会路过小卖部，都会上来打招呼："老秦，忙着呢啊？"

"嗯，老李，干吗去了啊，好久都没有看到你扭秧歌了！"

老秦嗓门儿大，说话也干脆，那些老头老太太都愿意和她搭话。

可是在这里，罗贝贝他们一走，家里半点人气都没有了。可是罗贝贝一回来，老秦又必须夹着尾巴做人，说话也不敢大声说，孟子传达过罗贝贝的旨意，说话太大声了，宝宝会害怕。

过了下午两点钟，老秦会到小区的花园里坐一会儿，抽上一会儿烟，四点钟的时候就要赶紧上楼，简单冲个澡，怕自己身上的烟味惹得罗贝贝不高兴。洗完了澡，就一样一样地把菜切好，把饭煮上，她要把握好时间，罗贝贝到家15分钟后，必须开饭，伺候完儿媳妇，老秦要把饭菜都端下去，罗贝贝不喜欢看到桌子上乱乱的样子，所以等孟子回来的时候，老秦需要再把饭菜重新端上来。

老秦有一天和孟老师通电话，抱怨道："为了抱孙子，我都快成孙子了。"

孟老师则安慰道："小不忍则乱大谋。"然后再一次给老秦讲了越王勾践的故事，鼓励她坚守阵地，为了革命的胜利牺牲小我，成全大我。

罗贝贝和老秦之间的关系就像是韩朝关系一样，虽然摩擦不断，但是彼此都极尽克制，虽然彼此都能在对方身上发现新的毛病和仇恨，但是都不敢真正动起武来，毕竟同根同祖，血肉相连。最重要的是，在关键时刻，孟子总是会扮演起中国的角色，出来调停一番。

摩擦似乎已经变成了生活的一部分。但是还好，因为罗贝贝的怀孕，大大地降低了这对婆媳之间的摩擦系数。

如果说冲击罗贝贝和孟子这个家庭的是摩擦力的话，那么在唐蜜和金浩然那一边，却是另外一种力量。很显然，唐蜜和金浩然完全低估了来自现实生活的压力。

当我们学会反躬自省

唐蜜和金浩然的新婚甜蜜，随着他们的第一次产检戛然而止。

"你就傻吧，你健康，不代表宝宝就一定健康，现在污染这么严重，谁敢保证孩子不出问题？"罗贝贝恨铁不成钢地说道，"孕期至少做5次产检呢！"

"有其父母必有其子，我们家的孩子注定是优良品种！"唐蜜信心满满。第二天就兴高采烈地拉着金浩然去妇产医院了——不就是早上空腹抽血、验尿、B超、心电图，多带点钱就行了。显然，她把生孩子这事看得太不严肃了。

对面的女医生四十多岁，精瘦的身材，白净的面皮，一副严肃深刻的模样。唐蜜心里嘀咕着，妇产科就应该都找那些慈眉善目、亲切温和的大夫，生出来的宝宝才会漂亮可爱，弄这样一个机器人，多影响孕妇心情啊。

机器人眼睛也不抬一下，厉声问道："以前流过产吗？"

"没有！"

"确定？！"机器人上下打量着唐蜜，一副坦白可能从宽，抗拒一定从严的神情。

唐蜜非常不悦："嗯！"心里却想说："我流没流过产，自己不确定，难道要你确定啊？！"

　　机器人扭头对里屋的机器人传递信息："现在这些女孩子都怎么回事啊？刚才那个，做完还不到两个月，又来手术，简直把流产当成感冒治了！"显然，机器人把唐蜜当成不检点的未婚少女了。

　　"怀孕之前，你和你爱人是否有过吸烟、酗酒、吸毒这类的行为？"

　　唐蜜努力地回忆，除了吸毒，其他戒律他们似乎都触犯过，但基本属于浅尝辄止的范畴。

　　"有……还是没有啊？"一对新人觉得有些底气不足。

　　"你们不知道，吸烟喝酒可能会造成胎儿畸形吗？怎么连这点常识都没有！"

　　"那现在能检查出来吗？"唐蜜已经快哭了。

　　"当然查不出来，想知道胎儿是否健康，一个月后出结果！"

　　"那我该怎么办？"唐蜜这下子是彻底哭了。在她的意识形态中，自己一定会生一个非常漂亮的宝宝，而不是一个畸形儿。

　　"早干吗去了啊？想生孩子，就该做好充分的准备，既然想要，就该为他负责任！"机器人声调里充满了鄙夷。

　　唐蜜逃也似的冲出医院，任凭金浩然在后面怎么喊也不回头。"糖糖，到底怎么了？"都快到了大门口了，金浩然才把她拉住。

　　唐蜜转过身来，眼神有些怪异："金浩然，你说你是个负责任的男人吗？"

"我负责啊我，我不负责任干吗和你结婚？"金浩然被问得一头雾水。

"你觉得跟我结婚很委屈？难道我是故意用怀孕拴住你啊？"

对于突发的状况，金浩然一时间手足无措起来，口中喃喃半晌："你……生病了？"

"你才知道我有病是不是，你知道我有病，你后悔了是吗？"唐蜜已经变得有些歇斯底里了，声音也瞬间大了起来。周六的医院，来检查的孕妇本来就多，她这一喊，还真有一些正聊着自己"不幸遭遇"的大肚婆停下来向这边张望。虽然她们都有着不同程度的"煎熬"，但一谈到肚子里的宝宝，都备感幸福和激动。

"你不说话，你不说话是不是就代表你后悔了？你后悔娶我了是吧？你后悔要这个孩子了是不是？"这些被丈夫呵护的大肚婆，显然激起了唐蜜的怒气。

金浩然完全被唐蜜搞蒙了，他不知道，刚才进去的还是一个浑身阳光的唐蜜，怎么出来之后，就感觉像是被雷劈了一样——脸色如炭，满身喷火。可是他越不知道说什么，唐蜜就越气得不行。

"你现在后悔还来得及，如果你后悔了，我立马就把这个孩子拿掉！我不会哭哭闹闹，喝药上吊！"唐蜜已经哭得和一个小泪人一样。浑身颤抖着，嘴角一抽一抽的，像受了天大的委屈。

"我啥时候说后悔了啊？！"金浩然正想摆事实讲道理，被一个三十多岁的男人拉开了："哥们儿，甭和怀孕的女人讲道理，她们个顶个脾气大！你啊，权当是在修炼，回去多哄哄就好了！"

真是奇怪，为什么人家蒙娜丽莎怀孕的时候笑得那么迷人？就在这电光火石之间，一辆出租车刚好停在门口，唐蜜开门上车，扬长而去。

偏不巧，金浩然等了十多分钟才打上车，路上又拥堵不堪，等他到家的时候，整整用了一个多小时。一路上，金浩然有一种莫名的焦躁，一方面担心唐蜜的身体，一方面又觉得特别的无辜。自己莫名其妙地就成了已婚男人，成了准爸爸，可是他对责任一词仍旧概念模糊，他像被一颗陨石撞过的星球，生活的轨迹完全改变，从此不能再在周末睡懒觉了。他甚至必须回到某个公司去，穿着西服打着领带，坐在一个熙熙攘攘的大开间里写程序，这都是他以前根本无法想象和忍受的生活。

没有人告诉他该如何做一个丈夫，做一个爸爸，他只能靠着父亲留给自己的记忆去接受现实，去尝试。可是很显然，即便是一个程序天才，也无法设计自己生活的轨迹，更无法解析唐蜜的思维逻辑。金浩然第一次觉得："当新郎累，当新爹更累！"

推开房门，唐蜜已经躺在床上睡着了，泪珠就挂在睫毛上还没有干，金浩然有一丝心疼，其实唐蜜嫁给自己，是有点委屈她了，按理说，这么漂亮的姑娘刚毕业就进了外企，以她的条件找个有房有车的男人应该不难的，可是自己什么都没有。

金浩然一边叹着气，一边洗着毛巾，看着镜子里的自己，金浩然第一次觉得，作为一个男人，自己挺窝囊的。28岁了，还是这样一副自视甚高的落魄样，想想上学时那些不如自己的哥们，差不多都是"总"字开路，轿车代步。前几天，那个不起眼的董小苹居然要跟他谈一个七位数的合作项目，俨然是腰缠十万贯的气派，可自己仍蜗居在出租房里等待奇迹。

在洗手间里，他不断地往头上冲水，又盯着镜子里的家伙出神，他特别想揍自己一顿，好把他这五年虚度的人生给打醒。而这十分钟，对于金浩然来说，不啻完成了人生的一次蜕变——这次蜕变练习的名字就叫做，向现实低头。很多时候，当我们学会了反躬自省，或许就是我们迈向成功的开始。

晚上，唐蜜又一次从噩梦中惊醒，这一次的剧情是她生了一个唇腭裂的孩子，宝宝连"妈妈"这个最基本的词都喊不完整。

"老公，我好害怕！"唐蜜紧紧地依偎在金浩然的怀里，觉得非常无助。

"没事的，有我在呢，我会一直陪着你，我相信咱们糖豆一定是一个特别健康漂亮的宝宝！乖，咱们明天再去检查一次……"

金浩然好不容易才把唐蜜哄睡了，可是自己却只能靠数绵羊进入梦乡。他从来没有失眠的经历，而最近却经常睡意全无。

唐蜜细小香甜的呼吸声就响在他的耳边，以前他很享受唐蜜的甜甜香香的气息，可是最近，他一听到这呼吸声，就想到责任。为了身边这个女人的呼吸一直香甜下去，他必须要学会承担一个男人的责任。

第五章：当孕妇成为个人的崇高理想

本章语录

·女人这一辈子就和这北京的环路一样，十几岁的时候，铆足了劲儿地冲在四环上，马路宽阔，也够速度，就觉得吧，这人生是多么的美好、宽敞，充满希望。等到二十多岁的时候，就像上了三环一样，被繁华环绕，你就得不停地在这繁华旁边起步、停车，努力挣扎，挣扎着找份好工作，挣扎着找个好男人。每日疲惫地奔波，一刻都不敢停歇。

·以往的生活在她的眼里就是一杯牛奶，散发着香醇的味道；而怀孕之后，生活俨然已经变成了一头奶牛，作为一个母亲，她必须虎视眈眈撸胳膊挽袖子，不放过生活中任何一个可以挤出乳汁的机会。

·孩子是解除咒语的唯一钥匙，可是她没有钥匙，所以唯有选择离开。

·他甚至一度异想天开，应该研发一种药水，只要轻轻地在老婆和老妈身上一喷，瞬间两个人就可以化敌为友、喜笑颜开。孟子敢拿一个月的零花钱打赌，这种药水一定会比伟哥畅销一千倍——毕竟不见得每个人男人都需要伟哥，但他们都爱妈妈和老婆。

在路上，叫人如何不感慨

作为一个心智晚熟的男人，金浩然因为妻子的怀孕，知道了责任的方向，但是却不知道责任的路该如何走。没有人告诉他，也没有人可以搀扶他。在孩子即将降生的这段时间，他正在被快速地催熟。

要培育一个好男人，需要很多技巧，你需要非常巧妙地控制他发酵的温度、湿度、压力和动力。只要有一个系数控制得不好，就得心平气和地接受残次品的诞生。

很显然，在陈一菲的技术支持下，李吉绝对是一个全优产品。

作为互联网业界的名人，虽然比不上马云、李彦宏等风云人物，但是在成立魅力100电子商务公司之前，李吉已经很轻松地将两个互联网公司填个零卖给了下家。

但是和现在的身价相比，还是差得远，那时他还只能算是一个有钱人，可是自从被陈一菲由内到外进行了一系列的包装，李吉就迅速地跻身名流之列了。

包装的价值就在于，你被送上了舞台，成为名人，才有更多投资商愿意把钱投给你，才有更多人愿意慕名而来，当然，也就有更多消费者愿意购买你的产品。

李吉终于在36岁的时候，为自己选了一位好太太，而好太太的实际意义就是可以让自己名利双收。在李吉看来，陈一菲就是完美女人的化身，优雅而智慧，解风情又识大体。

刚结婚的头一年，李吉和陈一菲完全把心思放在了彼此的事业上，等到他们反过味来想要一个孩子的时候，老天却和他们开了一个不孕的玩笑——不能生育，或许是完美女人陈一菲唯一的不完美之处。

再后来，他们做好了生子的一切准备，把时间从职场事业上挪用了很大的一部分，用在床上——生子的战场。可是折腾了一年，两个人依旧没有成就感。接下来的半年时间里，陈一菲陷入那种自作孽不可活的自责里，就像一只和生活斗败的公鸡，完全陷入了颓废的状态。

她曾经为了两个男人打过胎，这并非生活作风不洁，只能说是在不恰当的时间，与不合适的男人去迎接不该来的孩子。

虽然她知道经常打胎一定会影响女人的生育，可是她没有想到，情况会是这么严重，在那半年的时间里，陈一菲很少和李吉同房，她觉得自己是肮脏的，作为女人是不称职的。她甚至提出和李吉离婚，但是李吉坚决不同意。

折腾了半年之后，陈一菲觉得和李吉离婚无望了，便也就乖乖地到各大医院虔诚"求子"。检查的结果时好时坏，开具的药品千奇百怪。或许生活总是这样，每次濒临绝望的时候，它就给你一枚甜枣儿；可等你觉得信心百倍之时，它再踹你一脚。

"我怎么感觉自己就是一只被生活耍着玩的猴子啊。"陈一菲苦笑着说道。

本来，她已经可以慢慢接受自己即使生不了孩子，李吉也会爱自己一辈子这个事实了。

周五下班之后，陈一菲鬼使神差地开着车去找李吉。她已经好久没有和李吉一起吃晚饭了。或许是周围的浪漫重新点燃了陈一菲对于生活的激情，她设想着先去吃一顿西餐，然后两个人开车去鸟巢转转，在那个空旷的广场上，她想和李吉拉着手，好好说一些心里话。最近夫妻之间生疏了许多，不是她忙，就是他忙。

等她到了李吉的办公室，已经八点多了，办公室里只有两三个人在加班。李吉办公室的灯还在亮着，陈一菲慢慢地走近，她听到房间里有一个女孩子的笑声，很年轻、很悦耳的那种。作为一个久经沙场的女人，她瞬间就读懂了女孩蕴含的暗号；而李吉并没有拒绝，很显然他的声音里也多少有些欢喜。

陈一菲并没有推门进去，这不符合她的身份，更重要的是，这是在李吉的办公室里，还有他的员工在加班。她不可能像一只母老虎一样扑进去。只有智商低下的女人才会那样做。到了她这个年纪，打仗也不能用丝毫的外力。于是她就坐在李吉办公室门外的工位上，就像什么也没有发生一样。

不多时，一个身材高挑的女孩出来了。低低的小抹胸，一件仿真丝的小外套，卡其色的低腰牛仔裤，一双黑色缠带的高跟凉鞋。

只需一眼，就基本测算出这身行头不会超过800块，与所有她见过的漂亮但无知的女孩没有分别，只会以最便宜的方式去解读自己的青春。

但是陈一菲还是留意到了，女孩的低腰裤实在是太低了。这让人一下子注意到了她那水蛇一般的细腰上系着一条红红的丝带，在灯光下显得格外的刺眼——她身上最值钱的部分。一个女人看到了都心惊肉跳，难道李吉会熟视无睹？

女孩回到座位上，噼里啪啦打起字来，很显然，这就是李吉的新秘书。如果唐蜜胆敢穿成这样，第一时间就会被HD中国解雇，换言之，如此装扮是经过上司默许的……陈一菲转身离去，就像看了一场由别人主演的电影。

但是在电梯关上的刹那，她好像忽然想明白了一个道理。对于一个男人来说，一个年轻的身体要比爱情重要得多。一个过了三十岁的女人不该再相信爱情，所谓爱情和女人不过都是男人传宗接代的借口。

陈一菲下了楼，把车开上东四环，转了一圈，又从国贸上了三环，又转了一圈，然后在建国门上了二环。她没有很傻很天真的痛感，好像已经预料到这一切迟早会发生。

女人这一辈子就和这北京的环路一样，十几岁的时候，铆足了劲儿地冲在四环上，马路宽阔，也够速度，就觉得吧，这人生是多么的美好、宽敞，充满希望。等到二十多岁的时候，就像上了三环一样，被繁华环绕，你就得不停地在这繁华旁边起步、停车，努力挣扎，挣扎着找份好工作，挣扎着找个好男人。每日疲惫地奔波，一刻都不敢停歇。到三十多岁了，就像这老北京的二环，世面算是也见过了，一边是古朴，一边是繁华，进可攻，退可守了。最好别发生什么突发状况，如若不然，那路就被堵死了。

不敢再想二环里那些小胡同了，但陈一菲也明白，这人生的路，注定也会越走越窄了。一个三十六岁的女人，还能再如何折腾呢？

陈一菲回到家里的时候，已经12点多了。李吉在客厅里看着午夜新闻："你去公司找我了？"李吉站起来，接过老婆的包。

"嗯？"陈一菲迟疑了一下，"没有，有个客户一直咨询报价，所以我……加班。"陈一菲耸了下肩膀，一副若无其事的样子。

"晚餐吃的什么？我让阿姨煮了你最爱的南瓜粥……"

"算了，没胃口。"陈一菲已经换好了浴袍，脸色依然平淡如水。

陈一菲紧紧地蜷缩在被子里。背对着李吉，一阵压抑的怒火迅速地升起来。她已经开始厌倦了这种俨然一对老夫老妻般的家庭生活，她讨厌自己可以那样波澜不惊地与丈夫说话。

刚结婚的时候，他们每一天都很开心、快乐，每天有很多话要说，有很多话题要讨论，那时她仿佛回到了二十多岁的初恋，整个人都是发光的。她觉得这些光都是李吉带给自己的，她感谢老天的恩赐，终于赐给了她这样一个让她觉得安全踏实的男人。可眼下他们却过着窒息般的生活，相敬如宾、味如嚼蜡。

而李吉也懒得再去抱陈一菲了。他甚至也有点厌倦枕边的这个女人了——她又一次把一种莫名的压力扩散到家里，而且她已经开始学会对自己撒谎了。

所谓智慧都是被逼出来的

很显然，陈一菲不但把压力带进了家庭，也带进了HD中国，整个市场部也弥漫着一种看不见的硝烟。

女人的情绪就像粉底液一样，总会在脸上得以展现。尽管陈一菲已经算是个中高手，仿佛是川剧中的变脸一般，可以瞬间将自己调整到最适合当下环境的表情，但作为贴身助理，唐蜜还是发现了精致妆容下的憔悴。

"贝贝，看来还是你说得对，男人有钱就会变坏！"很显然，老板的伤心又轻易地点燃了唐蜜的惆怅。

"你们家金浩然跑偏了？"罗大小姐有点心不在焉。

唐蜜不回答，呆呆地盯着面前的一杯橙汁。

"按说不会啊，除非他动用色相的原始股？"

唐蜜瞪了罗贝贝一眼："我老公招你惹你了？就算诋毁他，也别当着他老婆的面吧！"

"谁让你没头没脑蹦出这么一句啊！"

"哎，我和你说，你可千万别和任何人讲，你要是讲了，咱们就绝交！"

"好，好，好，泄密的是小狗！"

"陈一菲要和李吉离婚了，看来你判断得没错……"

"这事啊，李吉终于想明白了！"

"你和老板有仇啊，你怎么一点同情心也没有呢？"

"拜托，我只是就事论事啊！陈一菲不能生孩子，这离婚是早晚的事啊！"罗贝贝满脸无辜的表情。

"哎，你说做一个职场女性怎么就这么难呢？每个月固定地要被大姨妈折腾，到了公司，被老板折腾，晚上回家，被老公折腾；你说能生孩子吧，被职场抛弃，不能生孩子吧，被家庭抛弃；找个有钱的男人吧，闹心，找个没钱的男人吧，窝心！哎！"唐蜜喝了口汤，做出了哲学家才有的沉思状。

"小唐同学，你最近的乐观主义精神急转直下啊，从实招来所为何故？"罗贝贝伸出十根手指对准唐蜜的胳肢窝做挠痒状。

"唉，我现在处于严重失重状态，满脑都是票子和孩子……"

"傻丫头，不当家不知柴米贵哦！以前我妈这么磨叨的时候，自己总不以为意，真的结婚之后才知道，日子让人成熟啊！"

"再怎么着，你那也是自然成熟啊，我和金浩然，简直就像饲养场那些小仔鸡，连自然成长的机会都没有，咔，放进现实这个笼子，立马打上紫光灯，快速催熟！"唐蜜夸张地比画了一个笼子的轮廓。

"那还不是你自找的，闪婚闪孕，怎么着，闪了腰了吧?！"

"姐姐，您放心，我就是闪着了腰，也要把肚子挺起来，绝对不会让人看笑话！"

"唐蜜，算我没有看错你，好汉他妈一条，这顿饭我请了！"

"罗贝贝，你是不是同情我啊，你都请了一个星期了！"

"是吗？那也就不差这一顿了嘛！"罗贝贝故意打着马虎眼。

结完账，两个孕妇一前一后走出餐厅，唐蜜眼中有点湿润，故意慢了几步跟在罗贝贝身后。

唐蜜确实很想找个无人的角落大哭一场，以洗去这贫苦日子的纠结。

没有怀孕之前，凭借着在HD中国的总监助理一职，虽然没有尹美娜那满身名牌的招摇，但是也足以让一个年轻女孩过得亮丽光鲜，虽然月月光，但是却光得快乐透彻。可是自从闪婚闪孕，这日子就像是一件洗过了很多遍的旧衬衫，不但光鲜不再，而且无尽拧巴。

没有结婚之前，爱或者做爱是唐蜜和金浩然之间的核心主题，而结婚之后，钱就一脚踢走了爱，篡权夺位。

一场"一站式"的婚宴，唐蜜觉得自己那叫洒脱，似乎有了洒脱的开始，便可以一直洒脱下去。可现实是残酷的，就算买房子那么伟大的事业放在一边不说，两个人每个月的日常开销，唐蜜的定期检查就已经让两个人的生活捉襟见肘。

有一天，唐蜜忽然指着肚子对金浩然说："老公，我忽然明白什么叫通货膨胀了！"

金浩然从电脑上回过头来，脸上写着仰慕。

　　"我的肚子一天天变大，花费也随之增长，可是我们的收入原地踏步，这就是通货膨胀，对吧？"

　　金浩然虽然一下子想不明白，肚子膨胀和通货膨胀之间有什么关系，但是也觉得这个类比挺恰当，就不住地点头，以示对唐蜜的崇拜有如滔滔江水。

　　"老婆，你简直太伟大了，有其母必有其子，咱们家糖豆以后估计会成为经济学家！"

　　"那当然！不过我倒是希望，糖豆能含着一块金汤匙出生，这样起码他出生之后，两年的口粮就可以自给自足了！"

　　"人家的意思是出生在富贵之家，懂吗？"面对着唐蜜的异想天开或者说是痴人说梦，金浩然一阵心疼。

　　"我知道，老公，那你去买彩票吧！中了大奖，让糖豆从此吃香的喝辣的！"

　　金浩然把唐蜜拉过来，靠在自己肩上："宝贝，放心吧，我不会让你们过苦日子的！"

　　表面上这样说，其实金浩然的内心也乱作一团，可是他不能让唐蜜感受到他的不安。虽然他已经成功地进入了一家游戏开发公司，每个月有了固定的收入，并且可以利用周六、日和晚上的时间开发一些小游戏，可是他还是感到不安、焦灼、混乱。自从知道自己做了爸爸，金浩然的内心深处就一直悬着两把剑，一把叫责任，一把叫愧疚，这两把剑时不时地就在他的心上割两下作为提示：你不是一个好男人，也不是一个好爸爸！

自从和唐蜜结婚之后，金浩然和洗手间建立了非常亲密的关系。面对着生活一系列的错乱不堪，他不知道能向谁倾诉。

"是个男人就要学会负责任！"他那老实巴交的爹地似乎就只会说这句话，所以不讲还好，讲完就更郁闷。

"今朝有酒今朝醉，下顿明天再掂对！"那些同学兼哥们大多还吊儿郎当地游离在婚姻之外，所以讲着讲着就讲到如何泡妞上去，完全是南辕北辙。即使结婚了的，人家也是循规蹈矩，按部就班，对于他这种闪婚闪孕、无房无车的案例，没有一点经验可以借鉴。这让金浩然成了另类。

所以，他愿意坐在马桶上，抽着烟，使劲思考，使劲拉屎，思考没有出路，拉屎更是有路不出，自从和唐蜜奉子成婚之后，金浩然，便秘了。

在唐蜜看来，这一事件绝对上升到了更高的人生认知——现实太干燥了，即使如此，我们也要使劲往出挤，不挤又能怎么办，难道等着别人看笑话？

所以她只能埋头狂奔，否则老妈会第一个跳出来，怎么着，不听老人言，吃亏在眼前；然后是尹美娜，这就是被荷尔蒙冲昏头脑的结果；就连妇产医院的医生都会打的过来凑热闹，你们这帮年轻人，就图一时痛快，太不负责任了！

"从来不怕命运之错，不怕旅途多坎坷；向着那梦中的地方去，错了我也不悔过。"唐蜜摸了摸已经逐渐隆起的腹部，对着糖豆低声哼唱，深情像红色故事中的革命女同志，面对现实的无情拷打，依旧表现得大义凛然。一个几个月前还对生活充满幻想的妙龄女子，因为一个孩子的到来，忽然变得无比坚韧。

怀孕就好像一个临界点，让唐蜜看待世界的角度发生了很大的变化。

以往的生活在她的眼里就是一杯牛奶，散发着香醇的味道；而怀孕之后，生活俨然已经变成了一头奶牛，作为一个母亲，她必须虎视眈眈撸胳膊挽袖子，不放过生活中任何一个可以挤出乳汁的机会。

显然，金浩然这个奶头已经被挤到了极限，他按时上班下班，回家洗衣做饭，晚上熬夜写程序，周六日去看房，除了卖血之外，已经毫无油水可以压榨。

至于公婆和父母，唐蜜无师自通，花样翻新，定期地给公婆打电话，汇报肚子里"糖豆"的成长情况。每次打电话的时候，唐蜜手里都拿着一本《全程孕产40周》，照本宣科，表现出极大的兴奋。她很清楚，兴奋和快乐是可以感染的，自己必须时不时地拔高公婆的期待——就像是炒股，有了期待才会有更大的投入。

没有办法，她压根也没有想过要成为一个啃老族，可是糖豆在肚子里，每一天都在啃她，所以，唐蜜由开始的不忍心变得心安理得。或许这就是自然界最正常不过的一条食物链，孩子啃她，她啃父母公婆。

勤劳善良的金爸金妈抱孙心切，所以自然是好啃一些。但是唐爸唐妈这块骨头就显得有点硬了。虽说唐蜜是掌上明珠一枚，但是明珠不听话，跳出了你的手掌心，你再上赶着去巴结，就有点莫名其妙了。很显然，小唐同学的闪婚闪孕，在其家长看来，那绝对是"不拿村长当干部"！

在与闺女冷战了一段时间之后，唐妈也终于被一句"我们不闪婚，你们哪去抱外孙"成功策反。

唐妈反复衡量，和即将出生可以抱在怀里的大胖外孙子相比，闺女的婚姻再虚妄，又算得了什么呢？你总不能买椟还珠，把外孙子留下，把女婿退回去吧……所以也就渐渐地接受了金浩然以及这段草率而荒唐的婚姻。

因为有了糖豆这颗吸金能手，新婚的"月光族"夫妻购房基金一下暴涨到了10万。但很快他俩就知道了，把这笔钱装进麻袋，扔进北京的楼市中去，连一个屁都不会响——

房子选择在二环之内，这笔钱可以置换2平米，基本是俩大人搂着睡觉，把孩子挂起来养；要是选择在三环，买下的那3平米，差不多是20年房龄的故居，而且全家进门都必须躺在床上；如果选择在四环，面积嘛，可以暴涨到4平米，可以考虑上下铺边上再放一个柜子。以此类推，即使是郊区的房子，也不过就是超大阳台的效果。其实如果科学地利用，白天晾衣服，傍晚做饭，半夜睡觉也差不离呢。不过，代价是唐蜜必须长途跋涉两个小时才能赶到市区上班……

更为可怕的是，一系列房地产调控限购新政，让外地人备生受到调戏之感——户籍、纳税、银行，在这三座大山的蹂躏之下，金浩然开始晕房，只要一提到房子，就有见到大海的感觉。

通过一系列察言观色，唐蜜得出结论：陈一菲多少还是喜欢自己的。两年来一口一个菲姐地叫着，感情基础还是比较扎实的；其次，陈一菲本人不孕，又多次劝自己生下孩子，显然她喜欢自己肚子里的孩子；尤其是这些日子领导心神不宁，处理工作的效率不高，自然更需要她这个助理帮着打点安排。

基于以上的分析，她迅速地付诸行动——HD中国有规定，加班超过八点，有一顿工作餐，还可以打车回家。唐蜜的决策可谓一举三得，省了饭钱、不用再去挤公车，还可以拿加班费。当然，按时付薪必须要总监签字。开始的几次，唐蜜都找出了非常充足的理由主动规避纰漏。

但陈一菲很快发现，小唐同学当真做到了加不加班结果一个样。不过，正如"姐妹情深"的分析，她采取了睁一只眼闭一只眼的态度，加班单上的一两千块，对于HD中国不过是大海里的一滴水，但是这滴水放到唐蜜的杯子里，就足够她喝半个月，当老板的自然也不希望，唐蜜这条小鱼在现实的干涸里挣扎着死去。

当然，这场双簧唱得天衣无缝，很多同事都对唐蜜的超能量佩服得五体投地，把她当成爱岗敬业的"典范"。

"唐蜜，好羡慕你，怀孕了还这样精力充沛！"

"真是年轻好啊，看你每天好像一点也不觉得累，不像贝贝，反应那么大！"

面对同事们心口不一的赞许，唐蜜也应和道："糖豆的不折腾是有遗传基因啦，我妈说当初怀我的时候也特别听话！"

"唐蜜，能有这样一个孩子，真是福气啊！"

"哈哈，你家孩子干脆叫福娃得了！"

渐渐地，在HD中国，身怀六甲却生猛的唐蜜成了幸运课代表，很多未婚未育的女同事都会找着机会和她套套近乎，希望借此沾染一些喜气。没错，之前很多准妈妈都莫名其妙地被贴上了"排挤"和"冷落"的标签。

可是再生猛的孕妇还是孕妇，年轻无极限的唐蜜也难免瞌睡连连，经常感觉很累，做什么事都提不起精神。所谓生猛其实都是扮给外人看的，这多亏了罗贝贝的言传身教。

"女人一怀孕，就会成为累赘，你别看那些人，每天和你热乎，但是心里都打着自己的小九九，因为你的产能低下了，所以工作自然而然就会分配到其他人头上。"

"那怎么办？哪个女人不生孩子啊，怎么能这么狭隘呢？"

"哎，话是这么说，可是人性本自私啊。即使你产能还一如从前，可是她们心里还多少都会那么想，一次两次还行，时间久了，多少都会有怨气的！"

"那怎么办？总不能成为办公室公敌吧！

"不是有伟人教导过我们嘛，做人要低调，做事要高调。可在孕期你就要反过来，做事低调一些，悠着点来，量力而行；但是做人呢，就高调一点，每天表现得忙忙活活的样子……她们自然心照不宣，不但再无风吹草动，甚至还会对你钦佩有加！"

"贝贝，看不出来啊，你还有政治家的觉悟，不从政，可惜了！"

"得了吧，我还不是被逼的嘛！你没看到，席莉每天在我面前风言风语的样子吗？起初没在意，但是后来发现，我错了，就因为我是孕妇，我必须和她一般见识！要不然大家还真就会觉得是我拖后腿了呢。你的位置还好一些，和她们没有直接的竞争关系，我不行，我和她们不是你死就是我活，就那个席莉，我稍一不小心，就会被她的绊子绊倒！"

　　人，本来是没有智慧的，智慧都是被现实逼出来的。很显然，现实的一圈无影连环腿，让唐蜜快速进化。从一个没心没肺、敢闪婚闪孕的无知少女，成长为一个偶尔作弊的智慧女人。没错，唐蜜觉得自己俨然已经晋升到了伟大母亲的行列。

你的眼神如此绝望

　　作为高知女性，陈一菲这座火山被压抑得太久，爆发起来绝非是扔东西、摔盘子那么简单。她的武器是冷战，旁若无人、事不关己的冷战，然后找到一个合适的机会，对李吉来个高智商的冷嘲热讽。

　　自从发现了细腰女之后，陈一菲对这段婚姻再次绝望。或许希望就像是一条橡皮筋，被现实碰撞了太多次，自然就失去了弹性，只等待最后断裂那一刻的脆响。

　　一想到那悦耳的笑声和摇摆的魅影，一股恨意充满了陈一菲四肢百骸。这其中掺杂了太多的元素：最初恨的是自己，恨自己拥有一个女人的身体，而缺失了一个女人生儿育女的能力；然后恨那个细腰女，她恨她的淫荡，竟敢在公司里明目张胆地勾引李吉；接下来她恨李吉，恨他的口是心非，口口声声说爱自己，却允许那样一个妖精女子出现；最后的矛头又指了回来，为什么就那么坚信李吉是爱自己的？她逐渐觉得自己是可笑的，继而扩大到活着本身就是一件可笑的事情。

　　这种仇恨就像是胎盘里的羊水，不堪入目的场景在其中涌动。她一闭眼，仿佛就能看到细腰女的长腿盘在李吉的腰上，李吉就如同一个勤奋犁地的农夫……那一串种子在土里一点点发芽，当它们破土而出的时候，就变成了一个个眉开眼笑的胖娃娃。于是，李吉开着车来了，像秋天收割的农夫一样，把婴儿都收走了。整个秋天的旷野里，就剩下自己一个人，自己光着脚，在田野上奔跑、叫喊，可是他们连头也不回。

李吉和细腰女走了……

李吉被陈一菲的哭喊声叫醒，打开灯，看到枕边人脸上都是泪水，汗湿了一身，显然是做了噩梦。

公司最近正在准备上市的事情，自己已经忙得焦头烂额，所以他自然而然地把陈一菲的冷漠和焦灼理解为自己的疏忽。对于妻子事业上的野心，他向来不过问，毕竟HD中国的VP，是一人之下万人之上的角色。在这一点上，李吉觉得，他娶了一个非常棒的女人，漂亮、得体、能干。可是，还是有一些时候，他无法理解陈一菲，他能感觉到陈一菲好像被什么附了身一样。

即使是刚刚从噩梦中被唤醒，凝望着李吉眼里的心疼，陈一菲依旧保持着刀枪不入的冰冷："没事了，我去冲一个澡，你先睡吧！"没错，她从老公的眼神里发现了更多不耐烦的成分。女人，就是这么复杂的动物，很多时候，在往外推一个男人的时候，她的意思却是，亲爱的，靠近我，占有我。

就在这一推一送之间，陈一菲的婚姻临近破产的边缘。

李吉披上睡衣，转身去了书房，燃起一支香烟。本来白天里那些股东们的明争暗斗已经让他心力交瘁，不想晚上回到家，还要去面对这样一个冰冷的身体。冷冰冰的身体还不算什么，这冷冰冰的语言就像是一把把锋利的小刀子，可以杀人于无形。

和陈一菲婚后的第一年里，李吉觉得自己是世界上最幸福的那个男人。俗话说，一个完美的女人就是出得厅堂，下得厨房，还要上得了床。如果给陈一菲打分，综合成绩怕是不逊港姐呢。有时，李吉自己都会纳闷儿，是不是上辈子积了德，今生才能找到这样的女人！在事业上，陈一菲绝对是一个好参谋，在朋友的圈子里，那份美丽和得体也给自己挣足了面子。

可是自从知道陈一菲不能怀孕之后，这个家庭就慢慢地发生了变化。女主人开始疯了一样到处求医，折腾了一年还没有结果之后，离婚就时不时地跳出来。好不容易这个家才平静下来，不晓得陈一菲又被什么刺激到了。

可是自己，明明已经表明态度了，要不要孩子已经无所谓了，她还那么较真干吗？

一想到孩子，李吉的头疼又加剧了，难道自己就真的那么释然？自己一生打拼的事业，最后后继无人？是孩子重要还是陈一菲重要？是自己真的不想要了，还是自己没有时间去思考这个问题？

上市、孩子、陈一菲，在李吉的脑子里轮番上阵，让李吉头痛欲裂，吸了三根烟之后，李吉转身去了客房。他，需要休息！

从上次分房而睡，又过去了半个月之久，李吉终于把IPO需要申报的资料弄完，好不容易有闲暇的时间。一闲下来，忽然就想起来，他和陈一菲这还冷战着呢，之前他们也冷过，但是好像从来没有冷过这么久。他知道，陈一菲绝对是冷战的行家里手，所以每一次都是他低头。其实古语说得没错，哪对夫妻不是床头吵架床尾和，女人，只要抱抱、哄哄、喂喂，自然就没事了，大男人犯不着和小女人一般见识。

所以，那晚李吉心情大好，洗完澡，故意躲在书房看书，估计着陈一菲正在半睡半醒之前，就偷偷地潜入了卧室。拉开被子，轻轻地抱住了陈一菲。

那一身淡淡的茉莉花香，让李吉陷入沉醉，手上的力道不自觉就大了些。陈一菲好像没有拒绝，这让李吉欣喜若狂，俗话说，小别胜新欢，经历了半个多月的冷战，让李吉对陈一菲的渴望已经是箭在弦上，不得不发。

透过那薄如蝉翼的睡裙，李吉已然感觉到陈一菲的体温在逐渐上升，他知道她也同样渴望，便猛地把陈一菲翻过来，用性感的厚嘴唇堵住陈一菲那此起彼伏的娇喘。

当李吉的身体压在陈一菲的身上时，她用双手紧紧地勾住李吉，眼泪早已江河泛滥。日日夜夜，她都害怕失去这个男人，总觉得自己就像一只在大风中迷失了方向的小船，只有抓住桅杆，才能安全抵达对岸。

那一晚，如果李吉能快速地把陈一菲带上岸，或许就不会有接下来的暴风骤雨，可是，李吉似乎是真的做了愧对陈一菲的事，所以就极尽努力地补偿，他无非就是想用行动告诉枕边人，自己依然爱她，爱得比当初更深切。

可陈一菲偏偏想起从前的梦境，李吉保持着同样的姿势，只是在犁不同的地而已——一块土壤肥沃，一块颗粒无收。

"宝宝，怎么了？"李吉觉察到了合作者的变化，停下来轻声问询。

沉浸在土地想象中的陈一菲，压根就没注意到刚才的问话；而当她回过神来，才发现老公已经停摆，耻辱的感觉顿时升腾起来：李吉在细腰女身上绝对是欲罢不能的！

"你新招了一个秘书？"陈一菲的口气可按零下四十度测算。

"嗯？"李吉显然还没有从热情的沙漠回到冰冷的北极。

"她除了脸蛋儿漂亮，其他技能也出类拔萃吧？"此刻的陈一菲说得很慢，一字一句，直扫李吉的威风，俨然已经从一个承欢受宠的女子，变成了谈判专家。

李吉迅速地疲软下去，妻子的表情、语气，让他感受到了一种莫大的屈辱，这比让人捉奸在床还屈辱："陈一菲，你把话说清楚，别整天阴阳怪气的！"

陈一菲幽幽地坐起来："看不出来啊，你竟然喜欢那种在办公室里袒胸露背的低俗女人，是你品位下降了还是饥不择食？"

"够了！"

"你是喜欢她的细腰，还是因为她能给你生孩子？"陈一菲有点歇斯底里了。

"够了！简直不可理喻！"李吉头也没回，把门狠狠地摔上。

陈一菲随手拿起床头柜上的一本书狠狠地朝墙上掷去，正好砸在了结婚相框上，相框掉在地上，碎了一地的幸福和美好。不多时，李吉启动车子，消失在夜色中。

李吉走了，不知道夜宿谁家？留下偌大的房子，给陈一菲当冷宫。

再次见到陈一菲的时候，她正手捧着热茶，眼神里天高云淡。此刻的北京已经有了暑意，可是她端杯的姿势，就像在冬天里取暖。李吉不由得一阵心疼，很想走上去，把妻子的双手放在手心里。

陈一菲抬头看见李吉，轻轻地说："会开完了！"虽然语气已经不再冰冷，但是有些缥缈，李吉也不敢走上前去，便径直坐回自己的老板椅上，见桌子上放了两份文件，上面赫然印着几个大字——离婚协议书。"离婚"这两字，就像一只水怪，沉寂了一年多之后，终于再次浮出水面。

在他的印象里，陈一菲不是一个执拗的女人，但是最近两年来，陈一菲好像是被恶魔附身一般，有一种深入到骨髓的执拗，这股执拗就像一股从悬崖下面升腾起来的食人植物，非得要把他们都卷下去，才算甘心。

"宝宝，你这是什么意思？"

陈一菲抬头望了望天花板，幽幽地说："李吉，我已经累了，请签字吧！"

"就为了一个八竿子打不着的女秘书，你要和我离婚？"李吉"啪"地把协议书摔在桌子上，感觉自己就像一个小偷，因为一小块红薯，却要被判株连九族。

"和女秘书无关，求求你，李吉，结束吧！对我们来说，都是最好的结果，给我一条生路，而你，可以拥有更加圆满的人生！"

李吉"霍"地站起来："凭什么说有孩子的人生就是圆满的人生？我爱你，这跟孩子没有半点关系！到底要说多少遍，你才明白？！"

"孩子"这两个可怕的字眼，像刀子一样直刺陈一菲的心头。曾经她以为，她已经足够坚强，不再害怕周遭人的议论，可是罗贝贝和唐蜜每天挺着肚子在她眼前经过，所谓的"无畏"顷刻土崩瓦解：原来她是那么渴望拥有一个孩子，拥有一个属于她和李吉的孩子。

女人纵使再坚强，再智慧，只要她爱上了一个男人，她就会由衷希望生下一个属于这个男人的孩子。除此之外，有什么可以证明金风玉露一相逢，便胜却人间无数呢？是信物还是甜言蜜语？

越是爱，越是渴望；越是渴望，越是无望，直至绝望。李吉的爱已经像一个紧箍咒，再念下去，就是死路一条。孩子是解除咒语的唯一钥匙，可是她没有钥匙，所以唯有选择离开。

"我知道与孩子无关。可是我太累了，想离开你过一个人的生活，所以求求你，放开我！"

"我让你疲倦了，我让你累了？我巴不得用我所有的力气去呵护你，去爱你，这到底是为什么？"李吉紧紧地抓着陈一菲的手腕，并试图从那双美丽的大眼睛里看出哪怕那么一丝一毫的示弱，可惜他读到的只有绝望。

"好！如你所愿，我会签好字，快递给你！"李吉感觉到自己的手微微发抖。

"谢谢，那先告辞了！"

李吉仰起头，感觉就像老天和他开了一次玩笑，那个曾经依偎在他怀里，流着泪对他说"李吉，我一辈子都不会离开你，也不许你离开我"的女人，竟然会说"求求你，放开我"。

之前陈一菲也闹过要和他分开，他知道，那不过是希望获得更多宠爱的小把戏。而这一次真的不同，陈一菲的眼神不会说谎。他甚至有点怀疑，不能生育的是他自己——是自己，害得陈一菲如此绝望。

囧啊，被婆婆捉"奸"在床

这个世界，是一个被关系连接的世界。一次握手，一个微笑，一句语言，一次性爱，都可以产生一系列的关系，诸如合作的关系，友谊的关系，爱情的关系，婚姻的关系。可关系就像蜘蛛网一般，于夜晚被结成，于清晨被撕破。

对于李吉和陈一菲来说，没有孩子让婚姻关系即将破裂。可对于罗贝贝和老秦而言，恰恰是因为有了孩子，婆媳关系才逐渐战火升级，最后几近崩盘。

一周伊始，罗贝贝的眼肿还没有消尽，被唐蜜逮个正着。

"亲，怎么着，老孟欺负你了？"唐蜜在MSN上画了个大问号。

"是孟子他妈！"罗贝贝回复一个大大的哭脸。

"老秦揭竿起义啦？"

"是离家出走！"

"哇，酷毙啦！一定要通知咱婆婆，我喜欢她，哈哈，太有性格了！"

"滚啦！"

"嘿嘿，要不是跟金浩然滚来滚去，俺肚子能圆成这样？"可以想象，唐蜜的这一串笑脸基本都是不怀好意的那种。

"得，我和孟子刚有滚的念头，就闹出了一大摊子事……"

"带色的？哈哈，中午这顿饭我请了，鼓乐茶餐厅！"唐蜜又发了一大串的惊叹号和口水过来。

"你说，我把婆婆气走了，这媳妇是不是当得很失败啊？"

"胜利的公鸡都是精神抖擞，你干吗无精打采的？"

"我又不是鸡，我抖擞什么啊？"罗贝贝当真是郁闷之极。

在餐厅甫一落座，唐蜜迫不及待地作起了采访："什么个情况？"

"查房！"

"我的不明白……"

"扫黄打非的现场你晓得吧，两个衣衫不整的家伙被关起来审讯的那种！"

"别卖关子，快讲，快讲！！"唐蜜迫不及待地用筷子敲击着餐具，"啊？老秦有恋子情结？"

"那倒不是，她是有恋孙情结。"

周五下班回家，罗贝贝冲洗了一番。虽然怀孕已经五个多月了，但是她一直坚持穿内衣，怕胸部下垂，产后难恢复。可是这几天，她明显感觉到胸部又肿了几分，又没有来得及去买大号的胸衣，所以就换了一件拖胸的背心，外搭碎花的睡裙。

吃饭的时候，她感觉孟子好像一直瞄着自己，罗贝贝不以为然，心想，脸上又没开出花，有什么好看的，更何况现在自己早已胖得像只小猪罗……

用罢晚膳，罗大小姐回卧房下榻，刚一转身，发现孟子鬼鬼祟祟地跟在后面："怎么了？"

"老婆……"

"嗯？"罗贝贝感觉到孟子的神色有些不对，脸上有些兴奋的涨红。

孟子夸张地做了个手势，罗贝贝低头一看，顿时恍然大悟，老公整个晚上为什么盯着自己看。原来是没穿胸衣的缘故，乳头上渗出的细碎的初乳已经透过背心，留下豆粒般大小的浅黄色印痕。

"没羞，没羞！"罗贝贝把手中的《妈咪宝贝》丢向孟子，内心却萌生了一丝悸动。

男人就和猫一样，只要闻到了鱼腥味，就休想让他们停下探寻的脚步。整个晚上，孟子就腻歪在罗贝贝旁边，表面上是陪老婆一起读育儿书，其实是身在曹营心在汉。满篇文字，在他的眼里都变成冲动的碎片。孟子灼热的气息吹得罗贝贝的耳根一阵酥痒，搞得准妈妈也无心向学，一怒之下将老公驱逐出境。

孟子在客厅假装换了几档体育节目，嘴里嘟囔着："怎么没有一档好看的？"又故意把电视声音调大，再度悄悄地溜回到卧室，像大黑熊似的，赖在罗贝贝身边央求："就尝一个鲜嘛！"

"对宝宝保证，只许看，不许碰！说话要算数哦！"罗贝贝禁不住孟子的软磨硬泡，身体就像一只被唤醒的小鹿，开始在春天的田野里曼舞。

孟子就像一个好奇的宝宝刚拿到了一个万花镜，想迫不及待地看看里面到底是怎样一个多彩的世界："你看，明明不一样了，你还骗我！"

罗贝贝自己也看了一下胸部，才发现，变化确实不小，整个胸部已经肿胀得像一个松软的面包，乳头也由原来的黄豆粒变成了豌豆大小。

就在这时，孟子的舌尖开始热情地降落，由慢慢地舔舐，变成了有力地吮吸，最后含混成："老婆，我坚持不住了……"

很显然，孟子的呢喃唤起了罗贝贝对性的渴望。书上说孕期的头三个月，夫妻性生活很容易导致流产，但是过了三个月，偶尔的性关系可以增进夫妻感情，也利于培养一个健康的宝宝。

"轻点儿，伤着儿子谁都赔不起！"

听到罗贝贝一声令下，孟子立即宽衣解带沸腾起来，可还没等他长驱直入，就听到"咚咚咚"的敲门声。

刚尝到甘蔗的香甜，孟子有些急不可耐，就索性装着没有听见，可是敲门声并未因此停下来，反而是力道加重。

"妈，什么事，我和贝贝睡了，有事明天再说吧！"

"儿子，快出来，洗手间漏水了！"老秦同志声音洪亮中气十足。

“我早就检查过了，没问题呀！”

“不行啊，老严重了！”

再二再三，罗贝贝亲眼目睹了老公一点点地偃旗息鼓，随即闷声不响地披衣服下床……那一刻，她忽然希望，孟子是孙悟空，是从石头里蹦出来的！真想不通，为什么老天送给她一个听话老公的同时，还要搭配一个不给力的婆婆？上管天下管地，中间管空气也就罢了，干吗连正常的夫妻生活也要干涉？长此以往，自己会变成性冷淡，孟子会变成性无能。

可以预见，老秦的训话一定是围绕着“为了孟家好儿孙，再苦也要忍一忍”的中心思想展开，内容将会与以往那些“如何让儿媳妇怀孕”的房事指导一脉相承……想到这里，她一把拽过被子恶狠狠地盖在自己身上。

半夜醒来的时候，发觉孟子没有睡在旁边，罗贝贝愈发气愤，这一定是被老秦打发到书房去了——拜托，照这么拆散，化蝶会出新版本了！她嘴里嘟囔了若干遍“巫婆”，才沉沉睡去。

其实，罗贝贝是完全误解了老秦的好意。

她又何尝不知，儿子媳妇亲热，自己这个婆婆就该乖乖地闪到一边去？归根结底，一切的初衷都源于护孙心切。五年来，升级为奶奶俨然成了她最崇高的个人理想。在老秦的意识形态中，压根没把“孩奴”当成社会问题，总觉得那是运动不得要领所致，如今总算修成正果，焉有不紧张的道理？奶酪谁爱动谁动，她管不着，但谁敢动她孙子，拼老命的干活！！

正所谓"有一千个读者就有一千个哈姆雷特"。敲门事件，搁在老秦这儿是保护孙子，可在儿媳妇看来，却是严重的干涉别人内政。

所以，罗贝贝一整天都阴沉着脸，而孟子同学也因为释放未遂变得郁郁寡欢。既然时间是最好的良药，索性就让光阴流转冲淡这一对天敌之间剑拔弩张的杀气吧。但是高压下的老秦偏偏忘了罗氏的"约法三章"，绝对不可以在有她的空间里吸烟。

晚饭后，老秦把自己关在洗手间里，郁闷地点上一根烟。虽然无法忍受罗贝贝把她的好心当成驴肝肺，但为了孙子又快又好地落地，自己必须想办法跟儿媳妇重新建交。鉴于好主意没有主动跳出来，老秦又在第二根烟升腾起的烟雾中寻找灵感……

"妈，你好了没，我快憋不住了！"罗贝贝在外面急迫地拍着门。

孕妇尿频啊！自己咋把这茬儿给忘了？慌忙之中老秦才发现自己一直忘了开换气扇。

等罗贝贝出来的时候，脸色已经由阴沉变成乌云密布。连孟子也被"砰"的摔门声惊到了，可怜巴巴地站在桌子旁。

"妈，你不希望我和孩子好对吗？"罗贝贝的"新仇旧恨"一起涌了上来。

"贝贝，这话儿是咋说的呢？"

"谁不知道二手烟对孕妇和宝宝不好啊，还成心在洗手间里吸那么多！天天都念叨为孙子如何如何，吸烟去楼道或者开换气扇有那么难吗？"罗贝贝盯着婆婆，泪水已经含在眼圈呼之欲出。

老秦没有再说什么，端着碗进了厨房。孟子后脚就跟了进去，洗碗池里的水龙头被打开了，老秦一只手上戴了手套，一只手没戴，眼泪就那么噼里啪啦地下来了。

　　"妈，你别生气，贝贝平时也不这样！女人一怀了孕，脾气就古怪，您甭跟她一般见识！"孟子把手搭在了老妈肩上，按了按以示安慰。

　　没错，这个男人很是左右为难。真搞不懂，老妈是好老妈，老婆是好老婆，为什么放在一起就磕磕碰碰，不能成为一对好婆媳呢？他甚至一度异想天开，应该研发一种药水，只要轻轻地在老婆和老妈身上一喷，瞬间两个人就可以化敌为友、喜笑颜开。孟子敢拿一个月的零花钱打赌，这种药水一定会比伟哥畅销一千倍——毕竟不见得每个人男人都需要伟哥，但他们都爱妈妈和老婆。

　　男人搞得定整个世界，可未必搞得定这两个都口口声声地说爱自己的女人。按理说，A=B，B=C，那么就可以推算出来，A=C，可是在婆媳关系里，这完全不成立。

　　在一个家庭里，A就像一把长矛，C就像一柄盾牌，她们天生就是敌我双方。

　　安慰完了老秦，孟子又赶紧调转船头，去哄老婆。

　　不出孟子的预料，罗贝贝已经坐在床头，吧嗒吧嗒掉眼泪了。

　　看来，女人是水做的一点不假，天生就具备呼风唤雨的本领。老秦那边黄河水滔滔，罗贝贝这边是长江阔水流。

　　"美女，别哭了，我妈又不是故意不开换气扇的！"

罗贝贝一言不发，还赏给孟子一个大大的背影。

"乖乖，别哭别哭嘛！你这一掉眼泪，咱儿子就在肚子里喊，下雨了，冒泡了，该戴草帽了！"

几次三番，罗贝贝终于破涕为笑。她用纤细的手指戳了下孟子的额头："你得替我去给妈道个歉，刚才是我的态度不够好……"

当丈夫的闻听，懒得咬文嚼字，屁颠屁颠地跑去和老秦汇报："妈，贝贝知道自己错了，让我过来道个歉，看在你大孙子的面上，你一定要接受！"

本来，孟子以为，这哭也哭过了，闹也闹过了，总该多云转晴，天下太平了。可是没承想，第二天一起床，发现果盘上留了一张纸条，"我回老家了，我伺候不了你们了！"显然，老秦是哭着写下这几个字的，字条上明显有被眼泪浸泡过的痕迹。

听罗贝贝绘声绘色地讲完自己被"捉奸在床"的故事，唐蜜已经意识到了婆媳关系的严重性，保持家庭和睦的最重要的方法不是处理婆媳之间的关系，而是如何保持婆媳之间的距离。

第六章：好经文，也架不住歪嘴和尚念叨

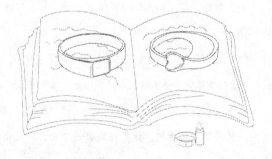

本章语录

·男人这一辈子，最少会有一次出轨的经历，有可能是身体上的，也有可能是精神上的，再深入一点就是精神兼身体上的，而更轰动的则是公然私奔！女人这一辈子，最少会有一个关于老公出轨的故事，该事件或许的确发生了，也可能是臆想编造的，还有一种可能就是男人按照女人的臆想编造，而最后让女人"梦想成真"了。

·所有的事件都是客观中立的，如果你悲观地去看待，你就会看到灾难，如果你积极地去看待，你就会获得成长。

·如果说孩子是一场爱情的结晶，是一种真实存在，那么没有孩子的爱情就会逐渐地让人感到虚妄，甚至绝望。

·期待可以很美好，但是期待最好别遇见现实。期待和现实，就像是一对情敌，如果说期待是情人，那么现实就是明媒正娶的老婆，虽然人老珠黄不好看，但是老婆就是有甩情人巴掌的权力。

最靠谱的男人"被出轨"

男人这一辈子，最少会有一次出轨的经历，有可能是身体上的，也有可能是精神上的，再深入一点就是精神兼身体上的，而更轰动的则是公然私奔！

女人这一辈子，最少会有一个关于老公出轨的故事，该事件或许的确发生了，也可能是臆想编造的，还有一种可能就是男人按照女人的臆想编造，而最后让女人"梦想成真"了。

所以从心理学和概率学来讲，男人出轨是正常的，不出轨是反常的。但无论如何，孟子的出轨是被他老婆"如愿以偿"的。

按理来说，就是出轨也必须要有出轨的潜质。第一批该出轨的应该是那种天生就是为出轨而生的男人，比如某些名流，非但不以为耻还反以为荣，出了几次之后还得出经验，公然昭告天下。

第二批该出轨的应该是李吉这样的多金男，身价资产犹如一块巨大的吸铁石，就算你心如止水，也会被那些拜金女拉着出轨。

第三批该出轨的应该是金浩然这样的帅哥，虽然钱囊羞涩，但皮囊养眼，爆出招蜂引蝶类的新闻也算预料之中。

所以说，孟子出轨并非不可理解，但是抢在李吉和金浩然前面出轨就是不可原谅的，人家都乖乖地在家里待着呢，孟子就窜出去了，他这不是抢跑么！

孟子的"抢跑"让罗贝贝怒发冲冠，让唐蜜也惊讶异常。

"贝贝，你是不是得了孕妇臆想症了啊？"唐蜜张大嘴巴。

"你当我眼睛里揉沙子？"

"孟子怎么会出轨？在他的人生地图里，方圆几百里，就你这一条收费铁路，就算想出，也找不出其他轨道嘛！"

"唐蜜，我看是不给你拿出证据，你是不会相信孟子有外遇了的！"

唐蜜小声嘀咕："他是想有外遇，可是谁想遇到他啊，长得傻大黑粗不说，还思想守旧！也就是你罗贝贝审美低下接收了他，要不然现在还光棍儿一条呢！"

罗贝贝也不听唐蜜的揶揄，认真地在包里翻来翻去，终于拿出一沓照片，甩到桌子上："看吧，看吧，铁证如山！看你还有什么话讲！"那神情，好像姓唐的就是肇事者一样。

"贝贝，你舍得花钱请私家侦探？"唐蜜对此深表困惑。

是的，罗贝贝是请了私家侦探，而这个私家侦探的名字就叫罗贝贝。

职业女性生孩子有三个担心，第一个担心是身材走形，第二个担心是事业受挫，第三个担心就是老公出轨。

可是，上帝好像就是一个老顽童，你越是担心什么，他就越是给你什么。你担心身材走形，他就吹口气，让你迅速增肥；你担心事业受挫，他就给你制造麻烦，让你丢掉饭碗；如果你担心老公出轨，他就一定会安排老公早出晚归无精打采，貌似频繁出差，事实却是出轨。

本来，罗贝贝只有前两个担心的，对于孟子出轨这件事，她信心满满，就算全世界的男人都出轨了，孟子也定是我自岿然不动的。

可是，半个月前，罗贝贝发现孟子每天回家的时间都会逐次晚上半个小时，甚至有些时候，孟子会在凌晨三四点才回家。

虽然，孟子几乎是隔半个小时，就给罗贝贝打个电话，问保姆的饭菜是否可口，是否吃了水果，但是罗贝贝依然觉得蹊跷，她无法相信孟子的说法，因为公司接了一个新的项目，需要尽快赶出来，在这段期间，加班都是算三倍工资。只要坚持干完这个项目，孩子一年的奶粉钱就够了。

刚开始的时候，罗贝贝信以为真，还一阵感动："老公，你辛苦了！"大有一种同仇敌忾的豪气。为了孩子的未来，我们要一起向现实开炮。

可是随着老公的晚归，孟太太开始浮想联翩。"孟子是不是患了准爸爸恐惧症啊？""孟子是不是嫌自己太唠叨了啊？"为此，罗贝贝还想出了一套套办法去缓解孟子的焦虑和压力，也从网上看了一些文章，如何做一个快乐的不发脾气的孕妈妈。

可是忽然有一天，一则新闻让罗贝贝"醍醐灌顶"。

在湖北，一个怀孕七个月的孕妇，发现老公背着自己和前女友偷情，一时想不开，从八楼的阳台上，直接跳了下来……

"孟子出轨了！"这个发现让罗贝贝惊了一身汗，整个晚上都泡在网上找关于怀孕期间老公出轨的故事，结果发现，大约30%的男人都会因为老婆怀孕，无法忍受寂寞，而发生一夜情或者出轨事件。

罗贝贝当晚躺在床上，天花板上一圈圈地算着孟子与30%的从属关系。本来她一直坚信，在出轨这件事上，孟子会永远是那个分母的，不曾想，因为自己的怀孕，孟子揭竿起义，直接变成分子了。

罗贝贝没有哭，也没有闹，更没有马上打电话去质问孟子。她不能那样，像个疑神疑鬼的泼妇。不过从此她有了一个嗜好，就是只要孟子不在卧室，就会偷偷跑去闻闻孟子的衬衫或者西服上是否有女人香水的味道，或者是否有口红的痕迹，或者女人的头发之类的。

可是衣服上除了汗臭还是汗臭。于是罗贝贝断定："看不出来，孟子还真是一个狡猾的狐狸！"

有时候，等了半天，还没有等到孟子回来，罗贝贝也会暗自流几滴眼泪，对着肚子说："如果让妈妈发现爸爸是个坏爸爸，妈妈就不和坏爸爸过了！"可是嘟囔了两句，就又发现，这是一个不好的胎教，她要让孩子感受到的一切都是美好的。

所以接下来的半个月时间，罗贝贝非常痛苦，她一方面深陷对孟子出轨的怀疑，一方面又不能表现出对孟子的怀疑。"孟子，只要你做了，我就会找到蛛丝马迹！"罗贝贝安慰自己。

一个周六的下午，终于让罗贝贝等到了这个机会，孟子接到一个电话，坐在沙发上吃西瓜的罗贝贝清楚地听到电话那头是一个女人的声音。

"好，下午见！"孟子挂断手机还舒展了下筋骨，看情形是想大干一场的架势。

"老公，我有点困了，想去睡一会儿！"罗贝贝故作娇嗔道。

"好！我一会儿有点事出去一下，你别乱走，等我回来，给你买好吃的！"

罗贝贝看出了孟子脸上那种既焦急又兴奋的表情。

罗贝贝躺在床上佯装睡得很好，偶尔睁开一只眼睛偷窥一下嫌疑人。

孟子穿了那件红蓝格纹的衬衫，之前他好像一次也没有穿过，总嫌颜色太亮了，不习惯。

孟子打了一条领带，孟子以前很少打领带的，说像一头被拴住的驴子。

孟子进洗手间了，出来的时候好像还用发胶抓了几下头发。

孟子换了一双新皮鞋，从玄关的走路声，罗贝贝就听得出来。当年和自己约会时，这混蛋也不曾这么上心过。罗贝贝想马上爬起来大吼一声："姓孟的，你的心肝肺是不是被狗吃了！我这么辛苦为你生孩子，你竟寻思拈花惹草去？！"

可是不行。书上说，孕妇不能情绪波动太大，更不宜大喊大叫，这样会吓坏孩子的。罗贝贝摸了摸肚子，默默念道："宝宝，你何其不幸，摊上了一个耐不住寂寞的父亲；你又何等幸运，有我这样一个伟大的母亲！"

孟子刚下楼，伟大母亲罗贝贝就马上戴上遮阳帽，急急忙忙追进了电梯。

等她尾随到咖啡店时，孟子已经落座了，真的如罗贝贝所料，有一个女人出现在他的对面。她看到孟子满脸欢笑地跟狐狸精握手，还特别绅士地叫来侍者点了东西。"他从来都没对我这么好过！"罗贝贝看得眼泪都快出来了。

他们对着手提电脑的屏幕说着什么，渐渐地两个人的头已经靠到一起了。再后来，女的笑得花枝乱颤，孟子的脸好像红了。

站在玻璃窗外的罗贝贝，一边哭，一边留下了孟子的出轨证据。

几个路人停下来站在罗贝贝的周围。他们无从体会被老公背叛的痛苦，只是好奇这个大肚婆在做什么——她似乎很警觉，一会儿躲在窗边的棕榈树下，一会儿又拿起相机隔着窗户一阵猛拍，按快门的同时再流下几行眼泪，最后已经不知道是眼泪还是汗水了。

在这道风景线前，有的群众一声叹息："哎，女人怀孕多不容易啊，老公咋还出来鬼混！"不明真相的也跟着起哄："哟，全民娱记的时代啊，连孕妇都抢着上阵，莫非刘德华在里面？"

而此刻，罗贝贝再次坐在了这个咖啡厅里，与唐蜜分享自己一个下午的成果。

"唐蜜，你说我下一步该怎么办？"

"什么怎么办啊，你老公和一个女的喝了一下午咖啡，就算出轨了？"

"这对狗男女肯定……哼！"

唐蜜做晕倒状："姐姐，你是不是想说，以为他俩在一间咖啡厅里，所以孟子的精子就会飘荡在空气中，然后进入那个女人的子宫，你……你别太无聊了！"

"女人怀孕，男人的外遇系数大大增加啊！你怎么不钻研攻略啊！"

"关键是，你到底是相信网上说的还是相信你自己的老公？"

"算了，以后就当我们不认识吧！"罗贝贝狠狠地把一本杂志甩在桌子上，收起照片，气呼呼地走了。这哪里是她的闺蜜兼死党啊，在面对孟子出轨这件事情上，非但没站在正义这一边，反而给自己定罪为谋害亲夫？她决定，明天上班的时候，绝对不等着唐蜜一起上楼，而且一整天都不要和唐蜜说话。

唐蜜看着北京企鹅愤怒地消失在电梯口，又不禁笑得趴到咖啡桌上。怀孕的不适及紧张已经让罗贝贝草木皆兵，想必所有雌性动物都可能会触发她脆弱的神经。照片上的女人，微胖，梳着中短发，眼角眉梢分明有了岁月的痕迹，那种土黄的纱织连衣裙，更是中老年女性的首选款式。

任凭谁都无法相信，孟子会与"资深妇女"暧昧不清，但罗贝贝偏偏深信不疑。

一场冤案，多头受益

　　如果不是因为老秦严禁孟子和罗贝贝同房，孟子也不可能会有外遇。

　　如果不是因为孟子有了外遇，老秦也不会那么理直气壮地再次赶回北京。

　　生活中没有如果，如果只是对不靠谱现状的一种借口。

　　老秦这次来京是轻装上阵，浑身上下充满了"除暴安良"的正义，和上次要开杂货铺完全不一样。

　　在孟子出轨这件事上，罗贝贝很生气，但还是谨遵了家丑不可外扬的原则。无论如何她也不想留下"无理取闹"或者"监管不严"的把柄，所以罗贝贝压根就没有想过要告诉婆婆孟子出轨的事。但是俗话说，世上没有不透风的墙。这风是孟姜女给透过去的。

　　孟姜女毫无误差地遗传了老秦的大嗓门儿和热情劲，虽然产品是升了级，但是这两点还是很难让罗贝贝接受。孟姜女也比较识趣，一般情况下也不会主动招惹罗贝贝。

　　但是罗贝贝怀孕了，这让孟姜女一下子抓住了这个百年不遇的时机，总算和弟妹有了共同的话题，所以时不时地就打个电话过来言传身教。

罗贝贝也知道孟姜女是"无利不起早"，这些明目张胆地拉拢或者是关心，无非就是希望下次再来京的时候，可以理直气壮地住进罗贝贝家三室一厅的房子。所以对于所谓的关心，罗贝贝一般是采取一只耳朵进，一只耳朵出的原则，精神世界绝对不会被小城镇的粗俗污染了。

可是这一次的通话却惹恼了罗贝贝。本来谈话的内容为分享孕妇心得，可没说几句孟姜女就跑偏了，一个劲儿地大倒苦水。与罗贝贝家丑不可外扬的原则不同，孟姜女恨不得全天下的人都知道，他们家的"万喜良"在大街上和一个年轻女孩勾肩搭背了，然后就大骂天下的男人没有一个好东西。这一下子勾起了罗贝贝的怒火，不耐烦地说道："是呀，就连你的宝贝弟弟也加入了出轨的行列，你说别的男人还怎么可能守身如玉？"

对于孟子出轨这件事，因为迟迟找不到更充分的证据，罗贝贝已经打算偃旗息鼓了。

可是，老秦不干了，也没等孟姜女把事情说完，就放下了自己的小超市，连夜坐上了去北京的火车。

老秦归来后，快速地就完成了三堂会审。罗贝贝第一次有了婆婆撑腰，自然也精神抖擞，硬是要孟子承认，他和照片上的女人有一腿。孟子哭笑不得，无论怎么辩解说是客户都不行。老秦偶尔也在旁边帮腔："儿子，做人不能太孙子，一定要对得起良心！"

百口莫辩的结果只能是"屈打成招"，孟子在认罪书上签字画押，说这个女人的确有意勾引，而自己则在忠诚与背叛之间游离，不过在失身前夕，这个女的又喜欢上了另外一个男人，自己这算是出轨未遂……

在审判孟子这件事上，老秦和罗贝贝的联盟非常有效率，所以免不得就结下了一些革命情谊。

当晚，老秦喝了两盅小酒，与儿媳妇分享了孟老师年轻的时候被一个刚调到他们学校的中专生给勾搭上，她是如何斗智斗勇，才保住了这个家庭。现在她终于和罗贝贝联手，再一次挽救了一个男人，保住了孟家的清白。

在孟子出轨的"大是大非"上，罗贝贝得到了婆婆的鼎力协助，也不免欢欣鼓舞，对老秦另眼相待，婆媳两个第一次你一言我一语地相谈甚欢。

看着两个女人的兴高采烈，孟子严重地怀疑，眼前这个老婆不是亲老婆，眼前这个老妈也不是亲老妈。

在诬陷自己出轨这件事情上，罗贝贝的"情绪失常"和"脑袋秀逗"属于正常的孕妇反应，因为据说，女人一旦怀孕，就会傻三年，所以傻到罗贝贝这种无中生有、谋害亲夫也算情有可原。

可是老秦的异常表现到底是为哪桩？

时过境迁之后，孟子才慢慢理解了老娘的"阴险"，不得不承认，原来阶级斗争是真的可以产生政治智慧的。

首先，在一个家庭中，一定不能站错了队伍。现在全家上下谁最大，当然是大肚子的罗贝贝啊，所以老秦才不管三七二十一，在大是大非面前，直接站到了罗贝贝的身后，于是一下子就获取了罗贝贝的信任。

其次，要学会体现自己的价值，既然罗贝贝已经先入为主地认为孟子出轨是既成事实了，那么老秦就必须协助罗贝贝拿到这个结果。这样，就奠定了老秦在这个家庭中的位置，虽然这是以牺牲孟子的清白为代价的。

再次，就是要学会明修栈道，暗度陈仓，表面上看起来，老秦是维护了罗贝贝，其实最终的目的还不是为了大孙子？要是在平时，谁敢这么诬陷孟子，老秦一定会第一个跳出来和他拼命，很显然，孙子已经取代了儿子的地位。

但是那一晚，孟子还没有领悟到这么多，所以面对自己的"被出轨"，郁闷之余也忍不住喝了几杯。一边仰起脖子灌醉自己，一边查看天气预报，嗯，估计明天一定大雪封门。元曲里有个窦娥冤，可是毕竟那也是杜撰的故事，而自己，却是实实在在的冤枉啊，而且还是被亲妈和亲老婆一同陷害的。

那夜，孟子睡在书房里，脑子里盘算着，如果不能下雪，是否可以搞点人工降雪，奥运会的时候，据说中央愣是用大炮把到了北京的雨都给打跑了。既然能搞定雨，那雪自然不成问题……不知道打这一枪的成本是多少？如果只要几百块钱，他宁愿这个月就把自己的生活费全部奉上——没几片雪花飘落下来，大家是不会相信自己是被冤枉了的。

半个月后，项目合作结束，当三万元的奖金摆到桌子上的时候，罗贝贝和老秦连问都没有问，就立马为孟子昭雪平反了。面对着老婆和老妈的"趋炎附势"，孟子无限感叹，有钱能使鬼推磨，有钱就能翻身做主人啊！

就这样，孟子的出轨事件在罗贝贝的怀孕生涯中暂告一个段落。

可是，无论从哪个角度来讲，这个"无中生有"的事件都给这个家庭带来了积极的意义。

所有的事件都是要客观中立地看待的。如果你悲观地去看待，你就会看到灾难，如果你积极地去看待，你就会获得成长。

对于罗贝贝来讲，孟子出轨无疑是一次非常好的家庭军事演习，不但打击了敌人孟子的"嚣张气焰"，也让自己获得了对敌人进行海陆空实地作战的宝贵经验，以便在日后的婚姻生活中，可以做到对老公出轨的"防患于未然"：

第一，要大大地提升自己的战斗力，而一个女人的战斗力就是漂亮、温柔、解风情，做一个百分百的女人，即使老公想出轨，也舍不得自己的贤惠加貌美。

第二，要不断地对敌人进行一些威慑，除了要严格监控好敌人的身体和钱包之外，还要时不时地进行一些军事打击，只要发现了对方的一个漏洞，就必须抓住不放，让敌人在事实面前，心服口服。

第三，就是要非常巧妙地拉入第三方监管机构，比如公婆，把一个小家的内部斗争上升到一个大家的家庭荣誉。有了孩子之后，孩子也可以列席这个监管董事会，要学会用密不透风的亲情把这个男人层层包裹住，让他最后只能有两个选择，一个是忠诚，另一个是特别忠诚。

而罗贝贝非常有举一反三的能力，很快就把对付老公的方式方法挪到了职场上，也大有裨益。

其实大赚特赚的也不只"陷害人"罗贝贝，"受害人"孟子也收获颇多，尤其是一些家庭制衡的小技巧。

如果想让婆媳关系融洽，就必须偶尔牺牲一下自己，制造一些关于是非原则的小事端。这些小事端不关乎母子、夫妻，只关乎男女，因为只有这样，婆媳才会结成同盟，一致对外，要是家里持续太平，她们就马上窝里开斗。

如果实在不想牺牲自己，那么就偶尔牺牲一下邻居——适度揭发隔壁的小狗在自己家门前排泄了一些"小便便"之类的。这样就可以迅速把家庭内部矛盾转移为家庭与家庭之间的矛盾，在这种矛盾的处理上，婆媳一定是最亲密的战友。在处理家庭矛盾上，美国政治家的智慧很值得借鉴。

但是很显然，不可能每天都牺牲自己或者是邻居，所以，关乎鸡毛蒜皮的小摩擦还是会持续上演。

这些小摩擦每天会穿着不同颜色的衣服出现，但是核心却差不多是一样的，那就是，到底谁才是老孟家的"头号功臣"！

在同一件事情上，媳妇有媳妇的委屈，婆婆自然也有婆婆的不爽。

很多时候，媳妇会想，我怀孕这么辛苦，还不是为你们老孟家传宗接代吗？所以，婆婆受点委屈算什么？

而婆婆的道理是，孩子的爸爸不也是自己十月怀胎生出来的吗？凭什么她生儿子，我就要处处谦让？

婆媳俩就这样你来我往，在谁为老孟家付出更多的问题上不停纠结，而真正的老孟家的两个男人却显得和没事人一样，每天下棋喝茶，自得其乐。

孟老师在老秦来到北京三天后，也被紧急征调过来了。当然，只要是男人，不管是年轻男人还是老男人都会有出轨的危险，所以把男人放在自己的身边才是最安全的，老秦如是想。

孟老师也想，有个免费的老妈子愿意每天给你做吃的，虽然唠叨了一点，也是可以忍受的。

不过，很显然，孟老师的到来，不但增加了这个家庭中关于制衡的要素，也给孟子带来了一些处理矛盾的技巧和智慧。

孟老师和孟子看起来是在下棋喝茶，实质上却是耳听八方、察言观色。

如果家庭气候是"晴间多云"，父亲俩就当什么也没有发生一样，就当两个女人没事的时候动动嘴、健健身，增加增加肺活量。如果发现是"局部小雨"，孟子就第一时间冲到罗贝贝身边柔情蜜意一番："老婆老婆我爱你，就像老鼠爱大米。"利用移情作用迅速地转移其注意力。如果是"中到大雨"，老将孟老师也会出马，给罗贝贝点小恩小惠，装作若无其事地说道："你妈给你买的，说是刚上市的，味道好，营养还丰富！"孟子也乖乖地跑到老秦跟前说："妈，听贝贝说，你最近手艺好了很多，做的那个扣肉特别好吃，她自己就学不会。我说妈，你看贝贝都胖成那样了，别给她做太多好吃的啊，你这母爱怎么着也要平均分配啊，我可是你亲儿子！"

俗话说，两军交战，不斩来使，这一招很奏效，长此以往，老孟和小孟都迅速摸透了两个女人的脾气秉性，然后就以彼此老婆的名义向对方大献殷勤，即使事后被发现，也就都把这当做一个"善意的谎言"！

矛盾激发智慧，每次成功地化解了危机，孟子都恨不得与孟老师击掌欢呼。不过父子俩依然每天在祈祷，这两个他们最爱的女人都尽快过了磨合期，早一点相安无事，这样他们就可以退居二线了。

有种感觉叫"越爱越痛苦"

如果你真正地理解了婚姻的定义,你就会明白,家庭的本质就是矛盾重重,绝对不会是相安无事。

路人甲乙丙丁偶遇,你好,我好,大家好才是真的好,礼礼貌貌客客气气,那才叫相安无事。

家庭则往往是,因为在乎,才会冲突。

陈一菲和李吉的离婚冲突就这样持续了半个月还没有尘埃落定。女主人公拒绝与丈夫有任何言语以及身体的对话,自己一个人搬到了酒店。

李吉看出来了,陈一菲这次的态度很坚决,目的很明确,她就是冲着婚姻破产去的。然而经过反复的权衡,他知道,无论如何也不能让这段婚姻破产。迫于公众的压力,迫于财产的分割,还是因为真的不想失去陈一菲?他没有时间也没办法想那么多,公司的事情已经让他焦头烂额,他不想这个时候再和陈一菲纠缠在离婚这件事上。

除了可以在离婚协议书上不签字之外,他还必须要做点什么，以挽救这段婚姻。

冷静下来，李吉想了想，陈一菲之所以要离婚，80%还是因为孩子的问题，如果孩子真的可以挽救一段婚姻，那么他就给她一个孩子。

利用周末的时间，李吉通过朋友约了京城里最有名的一位生育学教授，他想知道，都有什么方法可以让他们有一个孩子。

李吉开诚布公地把他们的情况和姜教授讲了一下。

姜教授讲，以陈一菲的情况来看，虽然在生育功能上有一些障碍，但也不是完全没有生育的可能。现在很多都市女性不能生育，其实并不是因为生理的问题，而是因为心理的问题——长期处于高压的工作环境下，心理的紧张和焦灼会在很大程度上影响卵子的质量。所以姜教授建议李吉，可以让太太先在精神上做一下调试，然后再用中医调理一下身体。他曾经就有一个患者，经过六年的时间才怀上孩子，期间经历了很多的苦难，但是夫妻两个抱子心切，一直没有放弃，最终如愿以偿生了一个非常健康的宝宝。

听姜教授这么一讲，李吉忽然又感觉到了希望。可是，人家夫妇俩是万众一心，自己这边却是孤军奋战。

他很难再说服陈一菲去接受治疗，经过那一年多的求医之路，陈一菲已经相信了自己不能生育这个事实，她甚至觉得，去妇产医院都是对自己精神的极大摧残。

"那除了让她治疗之外，我们是否还有其他的办法拥有一个孩子？"李吉焦灼地问道。

"可以尝试试管婴儿，但是关键还在于你太太，如果她不生产健康的卵子，即使动用高科技，也无法满足你们的愿望！"

　　"我的意思是，只要有一个孩子就可以！"

　　"那你们可以去领养一个孩子，或者可以找代孕妈妈，这毕竟有一半的血缘是你的！"

　　和姜教授谈完，李吉得出了最终的结论：

　　说服陈一菲去医院治疗的可能性基本为零，不能生育这个事实已经让陈一菲变得有点神经质了，而且治疗也需要花费很久的时间。如果治疗好了还成，可是如果还没有结果，那么结果就是把陈一菲和他们这段婚姻都逼上了绝路，他不敢这么做。

　　领养一个孩子，是最快的方法，他相信陈一菲会好好地照顾这个孩子，这个他们之前提过，陈一菲也没有反对，可是碍于两个人的时间，始终也没有来得及实施。可是要是真的实施起来，李吉多少还会有一些障碍，毕竟这个孩子和自己没有半点的血缘关系，他多少还是希望孩子可以继承一些自己的遗传基因。

　　其实刚才姜教授说到代孕的时候，李吉多少有那么一点动心。找一个代孕妈妈，通过试管婴儿的方式，帮他生一个孩子，无论如何，这个孩子有他一半的遗传，可是这个事情，陈一菲会不会同意？毕竟这个孩子是他和另外一个女人生的，虽然不是通过性的关系……李吉心里有点打鼓，他需要和陈一菲好好商量一下！

　　李吉是通过唐蜜才知道陈一菲所住的酒店，就在HD中国的附近。

　　李吉敲了敲门，有些忐忑。他有点害怕再面对陈一菲那张冷冰冰的脸。

　　陈一菲披着浴巾过来开门，很显然，这些天陈一菲也不好过，本来就苗条的身体，一下子消瘦了很多，脸上也没有什么血色，苍苍白白的一张脸在雪白浴巾的映衬下，更显得无辜可怜。看得李吉又是一阵心疼，他倒宁愿不能生孩子的是自己，这样，就不会让陈一菲背负这么沉重的压力了。"你又瘦了！"见陈一菲没有拒绝，李吉便直接走进去，轻轻把门关上。陈一菲自顾自地坐在梳妆台边擦头发，李吉坐在沙发上，空气中弥漫着一种紧张而复杂的气息。

　　李吉先开口道："我把那个女秘书开除了！我们之间什么都没有，她平时当然不可能穿成那样，那晚是要和朋友约会才刻意打扮的！"李吉知道陈一菲不会轻易开口和他说话，以前陈一菲经常取笑李吉是牛脾气，可是后来李吉发现，和陈一菲比起来，他就是一头小牛，陈一菲才是真的猛牛。

　　"我说过了，我们离婚和那个女孩没有关系！"陈一菲依旧冷冷地道。

　　"我不管有没有关系，也不管是和什么有关系，我是不会在协议书上签字的！"

　　"李吉，你是要逼死我吗？"陈一菲回过头来盯着李吉，眼泪已经在眼圈里打转。

　　李吉看着陈一菲的眼泪就像那断了线的珠子，啪嗒啪嗒地往下掉，嘴唇抽动着。他也不明白，为什么老天就是不给这个女人一个孩子？这哪里是在惩罚陈一菲，这明明就是在惩罚自己。

是的，上帝就是通过陈一菲这个身体，来惩罚自己。

李吉走上去，拉过陈一菲的双手放在自己的胸前，口吻像安慰一只受伤的小动物："别胡说，我爱你都还来不及！你知道，上天就是派我来爱你的！"

优雅智慧的陈一菲，在李吉厚厚的臂弯里，哭得上气不接下气。有委屈，有痛，有绝望，每一次在跌入悬崖的那一刻，都有这样一双臂膀拉住自己，可是那撕心裂肺的痛何时才能消退。

"可是，我没有办法回报你，我没有办法，为什么？！"陈一菲在李吉的怀抱里缩作一团，哭得撕心裂肺。

爱，有时，不是让人新生，而是让人灭亡，有的时候，没有爱，更安全。

每一次，陈一菲都是用这种刺痛自己的方式，让李吉感觉到，他被深深地爱着，但是这种爱已经不再是轻松喜悦，而是绝望冰冷。

如果说孩子是一场爱情的结晶，是一种真实的存在，那么没有孩子的爱情就会逐渐地让人感到虚妄，甚至绝望。

李吉再次在陈一菲的身体里横冲直撞，很卖力，或许他的潜意识里觉得，只有这样，他才可以冲破陈一菲的死穴，然后把一颗种子种在陈一菲的身体里。或许他也希望，这样就能找到一扇门，把两个相爱的灵魂，解救出去，或许找一个代孕妈妈就是那个重新点燃他们生活热情的希望。

在爱的余热里，陈一菲再次变成一个温顺的女人，所以她接受了李吉的建议，找一个代孕妈妈，为李吉生一个宝宝。但是条件是，如果三个月后，还是没有结果，那么她还是希望李吉可以放开自己，找一个健康的女人，结婚生子！

　　因为爱他，她希望他幸福，他幸福，她便得以解脱。

　　李吉流着眼泪答应她。因为爱她，他希望她解脱，她解脱，他才幸福。

　　在陈一菲和李吉这对奇怪的、执拗的以爱为核心的夫妻关系中，他们逐渐明白：

　　越是爱，越是痛苦，或者爱本身就是痛苦。

比毒舌？你放马过来！

期待可以很美好，但是期待最好别遇见现实。期待和现实，就像是一对情敌，如果说期待是情人，那么现实就是明媒正娶的老婆，虽然人老珠黄不好看，但是老婆就是有甩情人巴掌的权力。

所以，被现实甩了一个巴掌之后，憋了一个下午，罗贝贝晚上回家后还是没有忍住痛哭流涕，她痛的不只是脸，还有心。

中午吃过饭回到公司的时候，就见到很多人都围在席莉的身边，各个捧笑献媚的样子，席莉当然就是一副春风得意八百里的姿态。

如果换作平时，罗贝贝自然也不怕席莉她能得意到哪里去。比学历背景，复旦虽然比不得北大清华，但怎么着也比来路不明的EMBA强；比专业程度，虽然工作年头不如你长，但是你长又能怎么样，名号上还不是平起平坐；比人际关系，你是懂得拉帮结派，可是我更懂得得人心者得天下；比美貌，虽然我的娇小比不得你的高挑，可是高挑又有什么用，长着一双圆规腿，公司是请你来工作，又不是请你来画图；如果比男人，那罗贝贝就会更加理直气壮，同事都羡慕罗贝贝嫁了一个好男人，在北京这座城市里，虽不是大富大贵，但是起码有房有车，有个老公爱，而席莉自是三十好几，但顶着剩女头衔沾沾自喜。

可是，在很多时候，得意也是需要力气的。因为怀着五个月的身孕，罗贝贝觉得已经没有那么大的力气去和席莉斗了。除了没有了力气，罗贝贝也感觉到最近的心态有了一些微妙的变化。以前看着不顺眼的事，现在也多少能睁一只眼闭一只眼了，没有什么事可以让她心潮起伏，虽然偶尔还会和老秦闹点小别扭，但是已经无伤大雅，闹过，一转身就没事了。俗话说，心宽体胖，其实体胖了，人也就自然心宽了。自从怀了孕之后，罗贝贝的心是一天比一天宽，就差那么一点就可以宰相肚里撑大船了。

所以，罗贝贝已经不是很在乎席莉的自鸣得意，就让她得意几个月去吧，一个女人，总不能把什么好的都占了吧。

可是，没多久罗贝贝就知道了，席莉得意的不是几个月，是一年。

唐蜜挤进人堆一打听才知道，外派的名额下来了，不是万众瞩目的罗贝贝，而是席莉。HD中国每年都会从各个部门选拔一个经理级别的员工，派到美国总部工作一年。所以，所有的经理都会削尖脑袋去争取这个名额。大家都知道，外派学习是虚，做人才培养才是实，外派就像镀金一样，只要你镀了这层金，就很有可能成为下一任总监的人选。在用人制度上，HD中国有点向日本学习的趋势，更愿意做内部培养而不是外部招聘。所以在HD中国，只要你努力，并善于把握每一次机会，总有一天可以爬上去。

本来下一年的外派，在上一年的年底就会公布，可是因为今年美国总部那边迟迟没有发布外派名单，所以很多人都以为，这次外派估计是取消了。所以，罗贝贝也就安心地怀孕去了，正好孩子生了之后，可能会赶上明年的外派。

　　不曾想，这个外派就这样拖了七八个月，拖到罗贝贝肚子里的孩子都五个多月了。不管公司再怎么愿意栽培你，也不可能让你挺着一个大肚子去美国工作啊。

　　在几分钟之前，罗贝贝还因为自己的大肚子而扬扬得意，觉得以此把席莉比了下去；几分钟之后，得意就迅速变成了失意。所谓此一时彼一时，成也怀孕，败也怀孕。

　　罗贝贝闷闷地坐在自己的位置上，她还真没有勇气挺着大肚子走上前去恭喜这个昔日的宿敌。而她越是在位置上坐着，就越能感受到席莉的那分得意。这分得意就这样在HD中国市场部不停地扩大蔓延，逼得罗贝贝无路可退，只能退到郁闷里。

　　"贝贝，你也别太介意了，所谓塞翁失马焉知非福，她被派出去了，不见得就会升职。等你宝宝长大了，机会没准儿还更多更好呢！"唐蜜一个劲儿地在MSN上安慰罗贝贝。

　　"唐蜜，你别安慰我了，我知道，这几年我都出不去了，即使明年有机会，还是轮不到我，我和你说过，女人一怀孕，就走下坡路了！"

　　一整个下午，罗贝贝情绪都不高。除了一趟趟上厕所外，她几乎做不了什么事，满脑子都是席莉得意的笑容，和席莉斗了三年，看来还是自己败了。在即将的未来，陈一菲升作VP，或者到亚太区，席莉顶上来，那自己岂止是日子不好过啊，简直就是被打入冷宫。为了防止这一天的到来，自己一度挖空心思围追堵截，可最终还是被人家轻易超过去了。如果没有怀孕……

下班时，罗贝贝本想赶紧逃离席莉得意的现场，可偏偏被逮个正着。席莉迈着那双令人敬仰的圆规腿一摇三摆地走过来，一只手扶在罗贝贝的工位隔断上，一只手高傲地叉在腰间。

"呦，贝贝，这几天，肚子又大了一圈，行动有些不方便了吧？"

罗贝贝站起来，心中暗想，正念叨着"黄鼠狼给鸡拜年没安好心"呢，你这就立马配合着到我这里来放毒气！心里虽这么想着，面上却是一如既往的和和气气："是呀，多快，一晃都五个多月了！"

"对了，贝贝，我在美国那边要待一年哦。我听说，现在的孩子都用外国的奶粉，你要是有需要，到时和我打招呼，一定帮你买！"席莉恨不得把下巴都贴到罗贝贝脸上了，她想把冤家的窘迫看得明明白白、清清楚楚，最好可以彩打出来，装进镜框带到美国去，以此纪念自己这场战役的胜利！

"谢谢了，不过可能用不上，我好几个同学都在那边，还有几个定居加拿大，他们上赶着要爱的奉献呢！"罗贝贝依旧不动声色。

"是吗？有那么多同学啊，那你以后外派的时候就不会孤单寂寞了！"以席莉的判断，像罗贝贝这样拖家带口的，最近几年想外派怕是难了。

"席莉，你太了解我了，我就是害怕孤单寂寞，所以一毕业就结婚了。哦，对了，你啥时结婚啊？就是不想结婚，也得要个孩子吧，我听别人讲，女人一过了三十岁，就是高龄产妇了，生孩子就很难了。对了，我们帮你介绍个男朋友吧！"

"哦，我还不急，我是宁缺毋滥，要找怎么着也得找个好的，随便找个打工的也没什么意思！"席莉的一记反手扣球，让罗贝贝猝不及防。

"嫁给有钱人好啊，不过我听说，那些老板都是下半身的动物，最喜欢水水嫩嫩的小姑娘！"罗贝贝就那么直白白地看着席莉，好像一个勘探队员，试图从席莉的身上勘探出水嫩的痕迹！只气得席莉的脸上一阵红一阵白，圆规腿也配合地一颤一颤。

罗贝贝背上包，转身又补了一句："不过据我所知，美国男人基本没那么势利，你可要把握好自己外派的机会，找个美利坚男人把自己嫁了，这也算是给咱市场部增光添彩吧！"

其实，罗贝贝本不想这么狠毒，但考虑到她一年都不会见到席莉，便加重了砝码，她希望席莉这一年里都会因此想念自己。

是的，在HD中国，罗贝贝一直坚持着不拉帮、不结派、不树敌，你好、我好、大家好的原则，可是，前提条件是，你首先不能欺负我，所谓人不犯我我不犯人，人若犯我我必犯人。

很显然，席莉这一次是上赶着撞到罗贝贝这杆枪口上的，由于自以为是的冲劲儿太强，碰了一大鼻子灰，掩盖了一个下午的华华丽丽。

第七章：谁说"孕夫"特容易上钩？

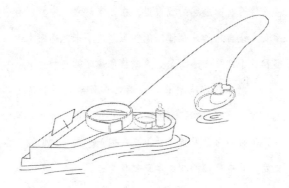

本章语录

·其实婆媳关系不难处，关键就看谁愿意让步。大家都往后退一步，岂止海阔天空，更是其乐融融。

·回想几个月前，刚知道怀孕这个消息的时候，自己是那么的惊慌失措，可是现在，她忽然好像获得了一股勇气，去勇敢地面对自己的人生，或许就是肚子里这个宝宝给了她这份成熟和坚定。

·华灯初上，车水马龙，都市的繁华让人炫目，原来在这座没有归属感的城市里，在万家灯火之中，还有一个傻女人让自己如此牵挂！他甚至想跪下来，感谢上天，老婆和孩子都是奇迹，是上天派给他最好的礼物。

·对于很多夫妻来讲，离婚这种事，不管是随口说说，还是摆个姿态，都会让婚姻元气大伤，可对于他们而言，离婚却像是发现了新大陆一般——原来他们两个如此相爱，原来他们的相遇本身就是奇迹。

关键看谁愿意让步

话说罗贝贝手起刀落地收拾了席莉，气势上是扳回来了，但是内心的郁闷还是没有办法化解开去。

这个过程，非常像一个姑娘偷偷喜欢上了一个小伙子，一相情愿，数年暗恋，到头来，新郎要结婚，新娘不是我，那怎叫一个郁闷了得！如果打了新娘一巴掌，所有感情就可以一笔勾销，那爱情也就太简单了。

这个外派名额，罗贝贝盼星星盼月亮，盼了近两年，却一下子就落到了席莉的手里，这其中的酸楚，怎一个愁字了得！这明明是委屈，是牺牲！

每当内心的不平衡无法平衡的时候，罗贝贝都会想起一句广告语：有困难，找警察；有脾气，老公撒。

回到家里之后，罗贝贝连一点预演都没有，就噼里啪啦又哭了一通。

孟子也知道，面对着情敌的离去，爱人的泪流，除了可以借给她一个肩头，你最好就是别开口。所谓言多必失，说不准哪句话就会大意失荆州。如果说孟子此时是在默默承受，还不如说他是表面上默默承受，实际上却是束手无策，甚至有些自责。如果当时自己不配合，罗贝贝没有怀孕，这外派的名额板上钉钉就是罗贝贝的，可是现在生米已经煮成熟饭，除了配合难过，自己还能做什么呢？

倒是会计出身的老秦，掰着几个手指头，就把账算清楚了。

老秦说："贝贝，这人生就像五千米长跑，这圈她赢了，下圈你赢了，可是不管谁赢，这离终点还老远着呢！贝贝，你想想，上班挣得再多能挣多少？所以，咱不和她比，这钱你让她去挣，可是咱挣了一个大儿子，你说这宝贝是不是更值钱？你没听过一句话叫'先胖不算胖，后胖压塌炕'吗！"老秦一边扒拉着饭，一边开导罗贝贝。

听老秦这么一说，罗贝贝倒是扑哧一下笑了："妈，你这是嫌我还不够胖啊？哈哈！"

老秦看罗贝贝难得给了一个笑脸，就更撒欢了："你这还叫胖？不胖，人家都说怀了男孩，妈妈就会变得好看，你变好看了，估计是个男孩。"要是平时，罗贝贝一听老秦说男孩，保准又急了，可是听老秦夸自己变好看了，自然也就把男孩这几个字眼忽略了！

"贝贝，你放心，等孩子出生之后，妈帮你带，绝对不能拖你后腿，你还可以往上冲。我就不信，她就不生孩子了，你说是不是，这一圈，咱们先让着她，这才哪里到哪里呀，还没有到最后冲刺的时候呢！甭急！"

看老秦说得那么诚心诚意，罗贝贝多少有些感动，再加上孕妇本身就多愁善感，看着老秦那花白的头发，忽然也就觉得不再那么讨厌了，反而有一种心疼。其实仔细想起来，老秦除了嗓门儿大，愿意管闲事之外，还算是一个不错的婆婆，勤快、愿意干活，说话也直接，不像有些老太太，说话竟是阴阳怪气的。

有很多次，罗贝贝发现自己放在脏衣服筐里的内衣不见了，后来才知道，都是被老秦洗了。老秦知道罗贝贝喜欢干净，就洗了一遍又洗一遍，然后拿到阳台上去晾。罗贝贝平时自己洗完，有时急着上班就忘了，随手放在洗手间的晾衣架上，老秦说，那样不好，女人的内衣裤，必须得放到太阳下去晒，除菌。

一想到这些，罗贝贝的心就忽地软了下来，一句谢谢的话到了嘴边，又被吞了回去。反复吞了几次之后，罗贝贝还是鼓起勇气，对老秦说："妈，最近辛苦你了！"

老秦有点怀疑自己的耳朵是不是出了问题，儿媳妇好像还是第一次说这样的话，竟不免有些感动。又想起过去的几个月受的气，一下子倒是控制不住自己，眼泪吧嗒吧嗒掉下来，赶忙就着饭吞了。

"辛苦啥，我一天也就买买菜做做饭，倒是你辛苦了，挺着大肚子还要去上班，都怪我们家孟子没有那么大的能耐，要不然，你就安安生生地在家生孩子，也不用去上班生那个气了！"

孟子抬头看了看老孟，这老秦是怎么了啊，怎么说着说着就把自己给搭进去了啊。

老孟示意孟子别插话。

所以，这一顿饭，忽然就变成了老秦和罗贝贝的忆苦思甜茶话会，婆媳俩第一次这样，你敬我一尺，我敬你一丈。你流十行泪，我哭七八回。同为母亲的辛苦，让这对婆媳第一次有了情感上的共鸣。

养儿不易，总有一天罗贝贝也会成为某个女人的婆婆，所以望着老秦的两鬓斑白，罗贝贝决定尽量做个好媳妇，或许这样，她就会遇到一个好儿媳。

睡觉前，罗贝贝从衣柜里翻出一件真丝睡衣送给老秦，"妈，这件睡衣，我就穿了一次，真丝的，夏天穿着凉快，颜色也挺浅的，挺适合你穿的！"

老秦把睡衣攥在手里，坐在床边上又哭了一通，老孟扶了扶眼镜："这又是怎么啦？"

"我就忽然想起你那句话，小不忍则乱大谋，我就为了你们老孟家的孙子，就一直忍着忍着啊，也不知道是不是忍出了头！"

"还真像受了多大的委屈似的，什么事，你就不能往好处去想，其实贝贝是个挺知书达理的媳妇，就是平时，你别什么事都要说了算，在咱们家，你是一把手，可是这是人家小两口的家，你还想当一把手，那能行吗？"

"我平时那还不是为他们好！"

"现在的年轻人和咱们那时候不一样了，要知道你这么愿意管闲事，那你还不如直接去居委会呢，保准成天有事找你管！

"还说呢，啥事你都不站在我这边！"

"咋的，还分阶级啊，这是一个家，难道你还要挑起第三次世界大战？"

"得啦得啦，你这还上纲上线了。以后我会让着贝贝点。我这是不看僧面看大孙子面！"

　　那一晚，是老秦到北京后，第一次睡得心情欢畅，当晚，就换上了罗贝贝送的真丝睡衣，睡前，还禁不住说，这真丝的睡衣穿起来就是舒服，滑溜溜的！

　　其实婆媳关系不难处，关键就看谁愿意让步。大家都往后退一步，岂止海阔天空，更是其乐融融。

别拿"闪离"不当闹剧

　　闪婚闪孕的金浩然和唐蜜，如果再闪离一次，那么他们的人生就完美了。而他们也确实不负众望，说离就离，就像他们当初说结就结一样。

　　"糖糖，你说句话行不？看着你这样，我害怕！"罗贝贝坐在床沿上，拉着唐蜜细嫩而冰凉的小手，止不住地心疼，眼泪在眼圈里打转。

　　唐蜜就这样盯着窗外一句话也不说，眼泪噼里啪啦地往下掉，一刻也没有停过，仿佛这二十几年的眼泪，就攒在这一刻流了。

　　"咱别这样行不，有什么话你就说出来，你这样会憋坏自己的，再怎么着，你也得为肚子里的孩子想想，好吗？"罗贝贝近乎央求地说道。

　　一说到孩子，唐蜜"哇"地一声就哭了出来，肩膀不停地颤抖："贝贝，你说，这一切是不是都是我自找的？你以前那么骂我，提醒我，我都不当真，谁的话我都听不进去，把我妈也气走了。你是不是觉得我才是又傻又天真？"

"糖糖，你是个好女孩，你将来也一定会是个好妈妈！"罗贝贝不知道该如何去安慰唐蜜，在平时，她没少当着唐蜜的面数落金浩然，可是，现在她不能再火上浇油。

　　"我一定会是个好妈妈，我会想办法把孩子养大，可是，我不能再跟那个混蛋在一起了！"

　　"糖糖，不管你做什么样的决定，我都支持你，但是你可不可以不要这么着急做决定。你再冷静冷静，你再想想，当初你是怎么劝我的？！"

　　"贝贝，我那是站着说话不腰疼，我试着劝过自己，可是不行，我快疯掉了，一想到他和尹美娜在一起的情景，我就要疯了。如果不离婚，我真的就会疯了，可是我不能疯，我还要把糖豆生下来！怀孕是多么辛苦的一件事，我以前哪遭受过这样的苦，贝贝，你知道的，是不是？可你为那个男人生孩子，他却在外面乱搞，这说明什么？贝贝，这说明什么啊？"

　　罗贝贝看着悲痛欲绝的唐蜜，她恨不得能去甩上金浩然几个大巴掌，甚至她有一种冲动，想让孟子去好好暴打金浩然一顿。

　　"这说明，他压根儿就没有爱过我，是我一直太傻了，不顾一切地想和他结婚生子。贝贝，我才25岁，我的人生才刚刚开始，可是我却把它赌给了这个不爱我的男人，你说我傻不傻？全地球的人都知道我傻，就我自己不知道而已！"

　　这是罗贝贝从来没有看过的唐蜜，之前那个活蹦乱跳、大大咧咧的唐蜜杳无踪影，现在坐在她眼前的这个唐蜜俨然是一个心灰意冷的女人。一个绝望的女人，再多的规劝都是无济于事的，她的心已经死了，那么娇嫩的一颗心，被一个无情的事实给摧毁了。

金爸金妈已经从秦皇岛赶过来了。昨天半夜，他们接到金浩然的电话，让他们无论如何也要来一趟北京。

二老一进门，就觉察到一定是出了什么大事情，金浩然胡子拉碴的不说，还满眼的红血丝，像是几天没有休息了一般。唐蜜见到他们就淡淡地说了一句："爸妈，你们来了。"

在家长的严厉逼问下，肇事的帅哥才断断续续地讲出了事情的经过。

自已被唐蜜的同学尹美娜勾引了，回家后女主人在他的衬衫上发现香水味和口红印。结果，唐蜜刚质问了几句，没有经验的金浩然就马上招认了。

还没等金浩然说完，金爸的巴掌就上来了："我老金一辈子老实本分怎么能生出你这样的儿子！？"金妈早已经在旁边眼泪吧嗒吧嗒地掉。任凭金浩然再怎么辩解，啥事也没有发生，也没有人听他的了。

自此，唐蜜和金浩然陷入了两极，因为金浩然的一次艳遇，唐蜜陷入南极的冰冷绝望，金浩然陷入北极的无情深渊。

虽然罗贝贝、孟子、金爸金妈想尽办法去挽救这段短暂的婚姻，金浩然也使出了所有的办法，悔过、发誓，等等，但是都不见效，因为唐蜜关上了门，谁也无法进入。

离婚那天，老太太一路哭哭啼啼："这混账小子怎么就这么没福气，娶了这么好的老婆还不知足！"那情形倒像是她要去离婚一样。而真正的主角唐蜜却显得一脸平静，已然做了这样的决定，忽然就觉得轻松了一些，虽然她还不知道自己的未来会如何，但是当初决定嫁给金浩然的是自己，现在选择离婚的是自己，她谁也不怪。

唐蜜用手摸了摸已经高高隆起的腹部，回想几个月前，刚知道怀孕这个消息的时候，自己是那么的惊慌失措，可是现在，她忽然好像获得了一股勇气，去勇敢地面对自己的人生，或许就是肚子里这个宝宝给了她这分成熟和坚定，甚至唐蜜的嘴角上还浮上了一丝微笑。

如果说，结婚是人生中的一出喜剧，离婚是人生中的一出悲剧，那么，很显然，金浩然和唐蜜的结婚和离婚都像是闹剧。

可以非常肯定地说，金浩然和唐蜜都不是演员，但是，他们的人生绝对比电视剧好看。所以，在罗贝贝看来，他们就是中国版的《楚门的世界》。

一大早，以唐蜜为首的一队人就浩浩荡荡地来到了朝阳区民政局。来离婚的人挺多，但是挺着大肚子来离婚的不多，挺着大肚子来离婚，又跟着一大帮人的就更不多，所以唐蜜一出现就引发了众人的侧目和围观。要是平日，唐蜜会用她那绝对厚的脸皮来迎接别人的目光，可是很显然，这一刻，她把这些目光都当成了同情可怜。所以，自从进了民政局，唐蜜的眼泪便啪嗒啪嗒没有断过。她也开始同情起自己来，如花似玉的一个大姑娘，被金浩然这个色魔恶魔糟蹋成了这样，长了一脸的妊娠斑不说，身材已经严重走形，本来的苗条身材早已不见，现在俨然成了一尊铁塔，她知道HD中国的有些同事在背后管她和罗贝贝叫HD双塔。

可是同样是孕妇，人家罗贝贝命咋就那么好，不但有疼爱自己的老公，上下班还有车接送，不像自己，还要挤公交车，挤公车也没有什么，回到家里还要做饭，哪像人家罗贝贝有婆婆照顾着。即使没有公婆照顾，也没有什么，可是金浩然怎么还能背着她出轨？其实出轨也没有什么，可他为什么要和尹美娜？

唐蜜越想越觉得悲哀，越悲哀就越恨尹美娜，当初如果不是她诅咒自己怀孕，自己怎么可能不幸中标？如果不怀孕，怎么会闪婚，更不可能这么快就离婚！自己才刚刚25岁，就成了离婚妇女，这以后的人生还怎么过啊？唐蜜的哭声越来越大，引得排队的人由同情变成了愤怒。本来，离婚的时候心情就低落到海底了，再加上唐蜜的协奏曲，一下子，整个氛围就都凄凄惨惨戚戚起来。

金浩然站在旁边，像个受气包，也不敢上去劝阻，一是怕唐蜜在大庭广众之下揭穿自己；二是现在自己是众叛亲离，如果劝好了还行，如果惹急了唐蜜，第一个给他脑瓜开瓢的一定是自己的亲爹！

金妈自然是在后面哭天抹泪，一边感叹儿大不由娘，一边又觉得金家实在是对不起唐蜜这个儿媳妇。朴实的二老虽然无法理解闪婚闪孕的节奏，但是他们也渐渐地喜欢上了唐蜜这个大大咧咧、没心没肺的女孩，可是没想到，刚结婚才几个月，又成了离婚演出，这以后见了亲戚朋友怎么说是好！

　　罗贝贝自然是不停地唠叨着，男人都不是什么好东西，为了自己的一时之快，闹得妻离子散，家破人亡。金浩然的出轨是太好的教育案例，所以她也拉着孟子一起来陪唐蜜离婚。一方面确实是心疼唐蜜，准备为唐蜜撑腰；一方面就是教育孟子，出轨是多么严重的事情。看，这就是最现实的例子！罗贝贝一察觉到自己还有这一层目的，也不免骂了自己一句："罗贝贝，你也太没有良心了，这是把自己的幸福建立在别人的痛苦之上！"不过这也确实起到了非常积极的意义，起码在很大程度上对孟子起到了威慑作用。

　　亲眼看了这一出悲悲惨惨的场面，孟子也不免在心里算了一笔账，离婚的成本确实太大了。无论从精神还是财产上来看，他都没有办法承担这样的代价，所以心里也不免鄙视了金浩然一番："哎，还真是一个不成熟的小男孩，成熟的男人绝对不会有这样的结果，要么就不做，要么就做了之后别被发现。"孟子快速地在脑子里盘算了一下，如果自己出轨了，他该如何瞒天过海骗过罗贝贝，这样在脑子中大致过了几个回合，不免有一丝幸福。要不怎么那么多男人明知道出轨的代价，却最终还是选择了出轨？孟子发现，出轨简直太令人兴奋了，就是脑子中闪过这样的画面，都会让人觉得非比寻常的刺激。

　　孟子那边正兴奋着呢，金浩然这边却郁闷得不行。他不知道他和尹美娜那样算不算是出轨，是尹美娜勾引他的，是尹美娜亲他的，尹美娜还脱了衣服……可是，他却什么也没有做，虽然，他非常想做点什么。这算不算出轨呢？他脑子中想做，可是身体没有履行大脑的命令，这到底算不算出轨呢？金浩然有点晕，但唐蜜咬定他出轨了，甚至全天下的人都认定他行为不端。

金浩然郁闷得不行，想打人，但是他没有人可打，所以他发疯了。

一个戴眼镜的女人坐在桌子后面，拿着他们的结婚证，看了一眼："刚结婚，就离啊？"

"嗯！"唐蜜一边抽搭一边点头，态度坚决。

"从法律上来说，怀孕的妇女可以提出离婚，但男的……"

"我不同意！"金浩然低吼了一声。

"你们必须达成协议，协商不成向法院起诉，抚养费一般为对方月收入的20%-30%……"每天来离婚的都很多，所以眼镜女也懒得追问，打听太详细，怕自己得抑郁症。

"凭什么让我们去法院啊，我们又没有犯法？"金浩然一把夺过结婚证，气急败坏地质问。

眼镜女被问得一愣，完全是鸡同鸭讲嘛，真搞不懂眼前这年轻人是受了什么刺激："不要妨碍我们办公，不去法院就去医院！"她的本意是想说孕期的女性情绪容易波动，不妨让大夫帮着调理一下。

"谁去医院？你以为我有病？你才有病呢！！"

"哎，不离就不离，赶紧一边待着去，你怎么还骂人啊？"

"我骂你怎么着了，宁拆十座庙，不毁一桩婚！你这绿本一换，老子就什么都没有了，妻子、儿子都没有了！"金浩然有点歇斯底里。

眼镜女也急了，一大早上，也不知道怎么了，就添了一肚子邪火："自己老婆伺候不好，人家要和你离婚，跑这里来撒什么野！"

"有完没完？"金浩然突然伸手拉住了眼镜女的衣领。

就这样，离婚险些演变成了打架。孟子和老金好说歹说，眼镜女才没有打110。金浩然恼羞成怒，攥着结婚证扭头就走，任一干人等在原地大呼小叫。

如果美女轻解罗衫

罗贝贝被孟子扶着，无奈地叹着气，心想，唐蜜好好的一个小丫头，怎么就遇上了金浩然这种货色？之前的种种不是，再加上出轨，和离婚时的孩子气，在罗贝贝的眼里，金浩然俨然是个"败絮其中"的大笨蛋。比较而言，还是孟子好，除了皮囊之外，孟子各个方面都比金浩然强一百倍。罗贝贝再一次在内心深处沾沾自喜起来，可是一看到唐蜜在那边哭哭啼啼的身影，就又不免得心疼，可是碍于金爸金妈也在场，也就不好意思当着他们的面数落金浩然了。

鉴于当事人愤然出走，至少现在这婚是离不了了。一行人刚从民政局出来，就看见胡怡和几个姐妹迎了过来。

"怎么着，都想看我笑话？"唐蜜扫了几人一眼，尹美娜没在。如果在，她一定冲上去，把她的那张小狐狸脸给撕破。

"唐蜜，好像，你误会金浩然了！"胡怡颤颤地讲。

"误会？人证物证都在，误会？！我只是个孕妇，不是白痴！"

"哪里有人证啊？"胡怡对着唐蜜小声说道，"尹美娜老实交代了，说他们什么也没发生，她在木兰咖啡呢，我们过来就是想和你一起再去审审她，审完了再离也不迟啊！"

尹美娜偎在沙发的一角上，一见唐蜜进了门，竟然哇哇大哭起来。

唐蜜心想，难道她感应到了，她要把她的小脸撕破，先来个苦肉计？

看尹美娜一哭，唐蜜忽然大度起来，稳稳地坐在尹美娜对面："尹美娜，是我老公被偷了，我还没难过，你哭什么啊？难道你还想他付钱给你？多少？我给！这婚一天没离，我就还是他老婆！"

被她这样一数落，尹美娜就哭得更加厉害，没错，是捶胸顿足的那种。"唐蜜，你别欺人太甚，你凭什么啊，凭什么处处都比我好，我哪点不如你啊？上学的时候，每次考试，你都比我高几分，老师也喜欢你，我没你漂亮吗？凭什么就有那么多男生围着你转啊？凭什么轮到我的就只能是老男人啊？凭什么单君睿就喜欢你，不喜欢我啊……"尹美娜已然抽抽噎噎，搞得唐蜜也一头雾水，但是在雾水中，她还是听到了单君睿三个字，那是一段青涩而美好的初恋……她好像忽然明白了什么，之前尹美娜和她亲如姐妹，可单君睿出现之后，尹美娜就变得虚荣、高傲、阴阳怪气……

"因为十年前的男朋友，所以你现在勾引我老公？"唐蜜拍了一下桌子，觉得世界瞬间变得错综复杂。

"唐蜜，你坐下！如果不是看在你有孕在身，如果不是她们以绝交为要挟，我巴不得你和金浩然离了，你就该尝尝被人横刀夺爱的滋味！"

"我横刀？趁大家都在，你让她们说说，是我横刀夺爱，还是因为单君睿受不了你的骄横跋扈？要不是你不断在中间搞鬼，单君睿对我会有那么大的误会，以至于还没有毕业就选择出国？"

被唐蜜这样一挤对，尹美娜就哭得更厉害了，当年的荒唐，非但没让自己收获幸福，反倒越是渴望爱情，越是竹篮打水。这些年来，她也始终搞不清楚，与唐蜜之间到底是什么样一种情感在作祟。如果谁欺负了唐蜜，她会第一个冲出来；可是在更多的情况下，她见不得唐蜜一点好，内心总有一处暗流涌动，想破坏唐蜜一切的甜美。

"美娜，别在我面前哭哭啼啼了，我不需要你的忏悔，我和金浩然离婚，和你没有关系，是我看错了人，即使不是你，他也会和别人出轨！"唐蜜懒得纠结恩怨往事，此时此刻，金浩然出轨与否已经不重要了，对于她的生命来说，唯一重要的就是肚子里的宝宝。

"唐蜜，我以为你很爱金浩然，看来，我想错了！"

"我爱不爱他，和你有什么关系吗？"

"我们根本什么都没发生过，就是因为爱你，他才……"尹美娜的声调陡然降低了八度，最后两个字说得细若蚊吟。

但唐蜜根本不相信，甚至其他姐妹也难以想象：在美女尹美娜面前，金浩然会选择性不举？！

那一天，尹美娜嗲兮兮地致电金浩然，说家里的电脑总是莫名重启，请帅哥务必帮忙。

金浩然知道，唐蜜非常讨厌尹美娜，可是他也搞不清楚，不喜欢一个人，为什么还可以保持六年的友谊，而且还是死党？

怎奈美女天生就有着一种令人无法抗拒的磁场，所以，即使尹美娜不是唐蜜的同学兼死党，她那么娇柔的声音向他求助，他也不好意思拒绝。

尹美娜住的三居，虽然称不上富丽堂皇，但也足够工薪阶层望洋兴叹。金浩然不禁感叹，自己和唐蜜好不容易凑了三十万，还不够买一个阳台，可年纪轻轻的尹美娜却一步迈进了共产主义。哼，那个替她埋单的老家伙，究竟是怎么发达的？金浩然一边鼓捣着尹美娜的苹果电脑，一边胡思乱想。

一身紧身裙的尹美娜就倚在门边上，满脸笑意地问："小帅哥，领口扎那么紧，你热不热呀？"

"没事，没事，不热！"金浩然好像被看穿了心思，汗水很快冒了出来。

尹美娜笑得更加大声："小帅哥，我看你不是热的，你是怕的吧，你是不是怕我啊？"

"我怕你干吗？"

"那你说我和唐蜜，谁漂亮？"尹美娜慢慢地走到金浩然旁边娇滴滴地发问，手也支在电脑桌上。

"都漂亮！"金浩然一直埋头敲打着键盘。

"我是说现在！"尹美娜唇间的热气就在金浩然的耳边盘旋。

后来的剧情当然是金浩然接受了送货上门的香吻。尹美娜就像一只忽然袭击而来的八爪鱼，一下子勾住了金浩然，勾住了一个男人的欲望，更何况这个男人还因为老婆怀孕压抑太久。

如果尹美娜趁着金浩然的热度，迅速进入干柴烈火的程序，那"出轨"二字肯定是板上钉钉的事实，她真的就会在和唐蜜的决战中扳回一局。可是尹美娜太自信了，她要使出浑身的解数去迷惑，好让金浩然知道什么才是极致的女人。

曾有那么几秒钟，金浩然确实是意乱情迷，无比冲动。就算换了孟子，被这样一个美丽八爪鱼近身，只怕也很难做到心如止水，毕竟柳下惠已经死了几千年了。

可尹美娜越是投入，金浩然就越是清醒，他一边回应着尹美娜的热吻，一边看着尹美娜。那璀璨的钻石耳钉，那同样璀璨的钻石项链，那名贵的丝滑的衣服，那名贵的魅惑的香水，这些东西都穿在尹美娜身上，可是唐蜜，那个只和他交往了两个月，就毅然嫁给一个不知道未来在哪里的穷光蛋，每天还挺着大肚子去上班加班。她就和他住在那一间租来的房子里，破旧的地板，破旧的洗手间和厨房，一个那么美丽的女人，愿意跟着他受苦，可是他在做什么？

金浩然恨不得扇自己一巴掌，慢慢推开已经完全进入状态的尹美娜。

"宝贝，放心吧，我在安全期的！"尹美娜以为小帅哥学会了吃一堑长一智。

"嗯……"

"你怎么……停了？"眼见着金浩然牛仔裤里的肿胀一点点平静下去，尹美娜万分诧异。

"你很漂亮，但对不起，你不是唐蜜，我爱唐蜜！"金浩然猛然起身，抓起自己的背包，落荒而逃。

随着"砰"的一记关门声，偌大的房子里只留下酥胸裸露的尹美娜。没错，刚才有个男人竟然可以忍受欲望的煎熬而不碰她，这对尹美娜这样一个贪心而又自信的女人来说，不啻为一个巨大的嘲笑，尹美娜转身把自己摔在床上号啕大哭，金浩然成了自己勾引史上最大的耻辱！

在没有遭遇尹美娜的香艳之前，金浩然曾经无数次对唐蜜说过"我爱你"。有被逼招供的发言，有应景场合的告白，偶有瞬间的心动，这三个字似乎也没有蔓延成美丽的春天。

可就在美女缠身的那一刻，"我爱唐蜜"居然从心底喷涌而出。这就像一个被隐藏了很久的秘密，他自己都不知道，原来金浩然爱唐蜜，那么那么爱！

眼泪轻轻滑落，他甩开长腿向前狂奔，是的，他要马上回到那个傻女人的身边，告诉她，他爱她，爱得都快要窒息了！

华灯初上，车水马龙，都市的繁华让人炫目，原来在这座没有归属感的城市里，在万家灯火之中，还有一个傻女人让自己如此牵挂！他甚至想跪下来，感谢上天，老婆和孩子都是奇迹，是上天派给他最好的礼物。

人生的大起大落，伤不起啊

没有任何"偷情"经验的金浩然，显然被自我营造的幸福感冲昏了头——尹美娜留下的痕迹还不曾处理。所以，当他打开房门，还没来得及表达爱意之时，就闻听一声怒斥："姓金的，你把衬衫脱下来！"

"老婆大人，等下俺自己洗吧！"

"我再说一遍，金浩然，你把衬衫脱下来！"

嗡！刚才与尹美娜的热辣场面一下子被按了回放键，金浩然在脑子中快速地思考着，如何解释自己身上的香水味？可以说是下午和一群女同事开会，对，这群女同事全部用一个牌子的香水，所以自己是被熏的！至于这口红印嘛，是会上大家意见不合竟然吵了起来，自己劝架时蹭到的……

到底是坦白从宽，还是抗拒从严，首犯金浩然有点吃不准。抗拒？这明晃晃的物证确实无从辩解；还是坦白吧，没准唐蜜会大度地表示："老公，真是辛苦你了，这段时间很压抑哦？"

"尹美娜，让我去帮她修电脑！"

"尹美娜"三个字一出来，唐蜜的眼泪哗啦一下就全出来了。进了尹美娜的家门，想要再清白地出来，就难了！

金浩然一时乱了方寸，他以为唐蜜会再继续问下去，然后他就告诉她，接下来发生什么了。可是唐蜜没有再问一句。

他期待着唐蜜把桌子掀翻了，这样她就不会再这么难过了。

可是唐蜜没有，唐蜜只是流着泪，转身回了卧室，把金浩然的枕头抱出来，扔到沙发上。回房间，把门锁死。接下来的两天，也把心门锁死了。

"唐蜜，为什么？为什么每个男人都那么爱你！"尹美娜追问着。

唐蜜好像忽然理解了为什么尹美娜会哭成那样，一具娇媚的胴体，被一个正值壮年的男人无视，确实是一个不小的打击。

可是她不想回答尹美娜的问题，她的脑子中一直盘旋着金浩然对尹美娜说的那句话："你不是唐蜜，我爱唐蜜！"

金浩然爱自己，可是自己却连一个解释的机会都没有给他。她就那么理所当然地判定，他会被尹美娜的美丽所吸引，就像当初她被小帅哥吸引一样；她"不择手段"地把金浩然搞到手，所以当尹美娜也用类似方法的时候，金浩然也一定会就范。或许，当听到"尹美娜"出现的那一刻，她就给他判了死刑。

"唐蜜，你口口声声说爱金浩然，可是你了解这个男人吗？你真的义无反顾地相信自己的男人吗？"

唐蜜隐约回想起了那天开门时，金浩然好像说过什么肉麻兮兮的内容，原来这并不是一部催泪文艺片里的桥段。

可是她现在理解了那重含义。因为这也是她此时此刻的感受，很想金浩然，很想，很想，基本快要窒息的那种。

她想起金浩然屁颠屁颠地上楼，幸福地吃饭，她想起金浩然一遍遍央求她相信他，她想起他那胡子拉碴憔悴的神情，她想起金浩然早上还和民政局的办事人员吵架……

唐蜜坐在出租车里，咬着手指，以便控制自己不要哭得声音太大。

司机师傅回头劝唐蜜："闺女，出什么事了？其实有什么大不了的，放宽心，身子骨要紧，孕妇最大！"

"没事，我想我老公了！"

"哟，到底是少来夫妻老来伴，有日子没见了吧？"

"都两个多小时了！！"

"得，那我赶紧快点！老话说得好'一日不见，如隔三秋'，按汇率算下来，也抵好几个月呢！"司机扑哧一下笑出了声，嘴上不停地念叨，刹车油门也鼓捣得挺灵活，很快就到了家。

直到晚上九点一刻，金浩然才回来，依旧是一副失魂落魄的神态。

刚听到钥匙的开门声，唐蜜忙不迭地走到门口。金浩然没说话，警惕地盯着自己的老婆，随即把结婚证从背包里拿出来，放在裤兜口袋里，便径直去了洗手间。

唐蜜马上跟了进去，还没来得及开口。金浩然的白眼就飞了过来："你甭跟着我，我不离婚！"随即，就把头埋进洗手池里。

唐蜜殷勤地递一条毛巾，也不做声，就站在金浩然的旁边。

"不离！"

唐蜜就把手从金浩然的后背环过去，轻柔地把脸贴在汗津津的T恤上，可见金浩然没有什么反应，于是随便选了个地方就狠狠地咬了一口。

"唐蜜，你属狗的啊，你以为你咬我，我就会和你离婚？不离，不离，打死也不离！"话音刚落，就感觉后背有点滴的温热，衣服竟然湿了一片。

金浩然慢慢转过身，把唐蜜的头抬起来："别哭了，糖糖，你哭我也不能和你离婚，因为……"

"老公，我爱你！"还没等金浩然说出来，唐蜜用唇堵住了他的嘴。当然，还有一把鼻涕一把泪……

两个人就这样又亲又哭的，在狭小的洗手间里上演了一部催泪大戏。一场离婚阴云就这样雨过天晴。

一直坐在沙发上愁眉苦脸的金爸金妈被彻底雷倒了，人生的大起大落实在太刺激，伤不起啊！所幸小两口又重归于好，也不免一块石头落了地，准备回小旅馆去休息。

临走前，金妈拉着儿子的手，没完没了地叮嘱："你个浑小子，以后好好和糖糖过日子，别再胡闹了……"

倒是金爸言简意赅、高屋建瓴，直接用胡主席的发言作为寄语："不动摇、不懈怠、不折腾！"

"爸，妈，你们放心吧，我俩以后一定好好的，不会再让你们操心了！"唐蜜伶俐懂事的特质马上得以显现，一张笑脸俨然又变成了灿烂的花朵，就好像离婚这件事从来没有发生过一样。于是，金爸金妈放心地摇了摇头，转身下楼。

　　对于很多夫妻来讲，离婚这种事，不管是随口说说，还是摆个姿态，都会让婚姻元气大伤，可对于金浩然和唐蜜来讲，却完全相反。因为这次出轨事件，因为离婚，才让金浩然和唐蜜好像发现了新大陆一般——原来他们两个如此相爱，原来他们的相遇本身就是奇迹。

　　现实可以把很多姻缘拆散，也可以印证有情人的真心。然而还有一种现实，它让一对男女相爱，然后再把他们拆散。就比如李吉和陈一菲，因为他们完美的生活唯一的缺憾就是——没有孩子。

第八章：代孕有风险，入市须谨慎

本章语录

·男人从降生到这个世界开始，就在寻找着一条回去的路，女人从降生到这个世界开始，就势必要接受一个迷路的男人。

·那一刻，他觉得她就是自己的女儿，他想极力保护她，把她带出这个黑暗的深渊，可是他无能为力，他甚至向上帝祈祷，愿意用一切去交换自己妻子做母亲的权利。

·很多时候，我们颇为努力地追问真相，可是真正知道了答案之后，自己却一点也不轻松。

·人的一生注定会有很多错误的决定，但在选老婆的命题上，他无疑是最大的赢家。

一个迷路的男人

　　孩子的话题就像是一座活跃的火山一样，时不时地就让李吉和陈一菲看似完美的婚姻生活火光冲天。金钱、地位、名望，他们似乎应有尽有，可幸福感反倒不如历经了闪孕、闪婚甚至闪离的金浩然和唐蜜。

　　这次的后果比较严重，差点就把婚姻烧没了，还好李吉最后扑救成功，决定物色一个遗传基因不错的代孕妈妈。

　　很快，神通广大的他们找到了一个音乐学院的大四女孩——云京京，长得白皙高挑，气质上和陈一菲有些神似，这是最让他们满意的一点。虽然她和李吉商量了，等孩子长大后，会告诉他这个秘密，可是在孩子十八岁之前，她不想让任何人发现。

　　一旦确定女孩怀孕成功，陈一菲就会马上辞去工作，躲到国外去，等到孩子一岁了，抱着孩子回来，任谁也不会怀疑，这孩子不是她生的。

　　云京京是一个家境贫寒的西南女子，所以也希望能借此缓解学费压力。双方的目的明确，自然很快就签订了保密协议。

协议上规定，在三个月之内，如果云京京通过试管婴儿的方式怀孕成功，那么李吉将支付30万元人民币用于云京京的身体调养，生产完毕再支付50万；如果没有怀孕成功，李吉只会支付5万元基本费用，双方对此都无异议。

这对夫妻把卓越的工作效率发挥在了"代孕大业"上，所以和云京京签完保密协议后，就像完成了一个大项目，二人恨不得击掌庆贺，举杯致意。因为真的有那么一刻，他们都恍惚地认为，这个合同只要签了，孩子就会有了，他们的婚姻和爱情将随之固若金汤。

但是所有的事情，几乎都和做爱差不多，高潮过后，就是无尽的寂寞。起码对于陈一菲来说，即使有了一个孩子，那也和她没有一毛钱的关系。

每次，李吉被医院召唤要去贡献精子的时候，她都会感到无尽的悲哀。虽然清楚李吉只是把精子射进一个试管里，可是每次她都觉得李吉不像是去医院，而像是去偷情。

很多时候，贫穷可以改变一个人的性情，可是对于陈一菲来说，不能怀孕生子，才是人生最绝望的事情。

可是孕育试管婴儿这件事其实不只是让陈一菲觉得悲哀，对李吉来说，除了悲哀之外，还有难堪。

他从来就没有想过，人生会出现这样的画面：被关在医院的一间小房子里，然后要对着那些性感女郎的照片进行毫无快感的手淫。他不停地套弄着，只为了让大夫把那些种子准时地安放在一个陌生女人的身体里。

头两次，李吉都很快就完成了任务，可再后来性感女郎就失效了，任凭他怎么鼓捣，也兴奋不起来。一个坚硬如铁的男人，竟然在小房子里哭得稀里哗啦。他就眼见着那些性感女郎都变成了两个大字——挫败。是的，因为没有孩子，他这一生会因此而挫败。

哭了一会儿，李吉走出小房子，没有交差，就直接走出了医院。医院里人很多，街道上的人也很多，他感觉所有的人都在看着他，质问他在小房子里的来龙去脉。

自此，他的成功已经不复存在。李吉把车开上四环，一直向北开去，他就想找个没车的公路，一直开下去，他不能让别人看到他的挫败，可是到处堵车，他就像一只处处受阻的精子，他知道，他无法到达幸福的彼岸了。

李吉把车停在紧急停车带，忽然想起了一句特经典的话：男人从降生到这个世界开始，就在寻找着一条回去的路，女人从降生到这个世界开始，就势必要接受一个迷路的男人。

李吉迷路了。这一次，孩子和陈一菲，他只能选一样。

李吉，第一次神秘失踪，从陈一菲的生活里。

一连七天，李吉没有回家，也没有给陈一菲打过一个电话。

开始的时候，陈一菲想过，李吉是不是和云京京私奔了。

很多电视剧里都演过，男人的老婆死了，男人就又娶了一个和老婆神似的女人。

虽然自己还一如平日，可是和死又有什么区别呢？

开始的时候，陈一菲有些紧张，担心这样的事情会发生。

可是过了一会儿，陈一菲却忽然觉得放松下来，如果真的是这样，那么自己就解脱了。李吉终于和另一个女人在一起，与一个可以为他生孩子的女人在一起，从此过上完美的生活。

其实李吉，并没有失踪，他只是睡在了公司里而已。

很显然，选择孩子还是选择陈一菲，这将是他人生最大的一个选择题，思考了很久之后，他还是无法做出选择。所以就尽量把所有的精力全部投入到工作中去，他不断地拉着人开会、讨论，审查季度计划、年度计划，看财务报表，甚至会跑到客服部去听客服人员如何接听电话，总之，他不能停下来。

因此，公司里的工作气氛瞬间高涨，为了公司上市，老板都忙成这样了，员工有什么理由不往前冲？

白天忙完了，晚上继续忙，忙到走不动了，就在公司里睡下。

一个星期之后，李吉被几个高管勒令回家休息。负责人事行政的副总裁关明申对李吉这样不分昼夜的折腾有点急了，甚至在一个核心会议上直接对着李吉发火："李总，你知道，我们今年最重要的目标就是IPO，而这个时刻，整个公司最需要的就是你，可是你这样不分昼夜地忙下去，如果真的累倒了，那公司怎么办？你这是明显的不负责任的行为！"

李吉听老关这么一说，也有点恼火，可是碍于老关的辈分，也就没有说什么。况且老关说得也对，再这么折腾下去，真的就把自己折腾倒了，其实身体疲惫只是一个方面，心累才是真的。

公司忙着上市，忙着冲业绩，忙着和证券公司谈判，可是偏偏这个时候陈一菲却忙着闹离婚，这离婚的风波好不容易平息了，又鬼使神差地找了什么代孕妈妈，李吉现在非常后悔当时一冲动做了这样的决定，在医院受辱不说，万一这事被捅了出去，岂不是毁了自己的名声？

想着想着，李吉就对陈一菲心生了怨恨，如果不是她那执拗的性格，动不动就闹离婚，也就不会有现在这样的焦头烂额。

有时候，李吉也有点后悔，当初选择陈一菲是不是一个错误。她看起来是一个充满智慧的女人，大方得体，身边站着这样一个女人可以为自己挣足面子。而陈一菲的智慧和经验也确实帮了李吉很大的忙，陈一菲的资源和经验不但帮李吉的公司在行业中树立了很好的口碑，而且也介绍了一些能人到李吉的公司。老关就是其中的一个，他曾是宏伟国际的元老，资深的职业经理人，来了之后，迅速地帮助李吉捋清了人事架构，制定一系列规范的管理制度。除了老关之外，还有首席财务官——王大方，有着非常丰富的IPO经验，曾经协助三家公司成功在纳斯达克上市。这些有着丰富外企经验的人的加入，一下子提高了公司管理层的含金量，而核心管理团队的整体水平是IPO中非常重要的元素。

如果说自己之前获得了不小的成功，那是因为自己就是一个土生土长的土霸王，凭的是敢打敢拼占山头，可是在如何把一间公司带到上市，自己还是欠缺经验。然而陈一菲十多年的外企工作经验，让她的视野和人脉正好和李吉互补，虽然陈一菲没有直接过来帮助李吉，但是在人才和资源的布局上，陈一菲却给了他非常大的支持。从这个方面来说，陈一菲是自己的贵人和恩人。除此之外，他也确实很爱陈一菲，他觉得陈一菲是值得他珍惜一辈子的女人。

可是，为什么在生孩子这件事上，陈一菲却这么较真，自从知道不能生育后，这个家就几乎没有怎么太平过。

是的，对于男人来说，生孩子是为了传宗接代，所以很多男人都期待有一个属于自己的孩子。他承认，和所有的男人一样，他也想有自己的孩子；可是如果不能生，他也能接受，他从来就不是一个较真的人。

按照常态分析，陈一菲也不是，她的经历已经让她练就了一副宠辱不惊的气质。

可是为什么，一遇到孩子这个话题，陈一菲就变得歇斯底里，不可救药，或者莫名其妙？尽管陈一菲现在像一枚炸弹，不知道什么时候就会被孩子这件事引爆，但无论如何，李吉还是要回家看看。

等了好久终于等到今天

　　李吉到家的时候，陈一菲正抱着靠垫坐在沙发上，对着某个八卦的娱乐节目傻笑。而迎接他的不是热烈的拥抱，只是一句"厨房里有阿姨刚做好的粥"，那口吻简直像是敷衍一位远方来的亲戚。

　　见老婆这样的态度，李吉的胸口油然升起了一股闷火，心想，自己在公司累了那么多天，这回家了，居然还换不来个笑脸？要知道，两人之间有七天全无联系了！于是他转身来到餐厅，气呼呼地倒了半杯XO，一口气就下肚了。阿姨看出了男主人脸色难看，就赶忙去厨房，盛了一碗粥，又端出来各种小菜，一样样替李吉摆好。

　　阿姨在旁边看着，也看得心疼，这大半夜的，先生就这样喝着闷酒。唉，这老天就是不公，这么好的一对夫妻，怎么就不能给他们一个孩子？要是有了娃儿该多好啊，如果他们不嫌弃，自己还可以帮他们带几年的孩子……

　　这几年相处下来，阿姨在心里把李吉和陈一菲当成了自己的亲人，可是她最怕先生和太太吵架，不论是冷战还是热战。她想劝又不知如何开口，可再继续下去，这个家估计撑不了多久就会散的。

"先生，还是先喝点粥，暖暖胃，这些小菜都是太太亲手做的，她每天都变着花样弄吃的，就盼着你能回来吃顿饭！"

或许是一杯酒刚下肚的缘故，李吉也使起了小性子："盼着我回来吃饭，你看她那个样子像是盼着我回来的样子吗？每天不冷不热、阴阳怪气的，这日子我看是没法过下去了！"

"先生，你别和太太生气，她心里惦记着你呢，一听到楼下有声响，她都光着脚跑过去迎啊……太太那么爱先生，她做梦都想生个孩子……一个女人做不成母亲，她心里的苦不是男人能理解的！"阿姨的眼泪一下子就涌出来了，之前无论太太再怎么闹，先生可从来没提起过"离婚"二字。

猛然回忆起来，原来阿姨也是一辈子无儿无女，在安徽老家先后嫁了两个男人，都是因为没有生育而以离婚收场。由于受不了周围人的指指点点，最终才背井离乡做了保姆。李吉的心一下子软了下来，如果离了婚，陈一菲会不会以后也和阿姨一样孤老终身？不行，他得陪着她走完一辈子。

李吉胡乱地喝了一碗粥，转身去了客厅，看到陈一菲姿势依旧保持着刚才的样子，把自己缩在肥大的睡衣里，显得那么单薄瘦弱。初见她的模样，是在一个论坛举办的酒会上，那时的陈一菲光芒四射；可是因为孩子，她竟然变了一个神经兮兮的可怜女人。李吉不免一阵心疼，便也不再闹气，走到沙发前，一把抱起陈一菲就走进卧室。

其实还未等丈夫走近，陈一菲的眼泪就出来了，李吉失踪七天，头两天她还沉浸在一种变态的轻松中，幻想着与子偕老，共度幸福圆满的人生。可是第三天，她就开始担心起来，担心李吉真的和云京京私奔了……等到第五天，枕边人还没有回来，她就已经开始相信一种事实了，李吉真的不要她了，她已经永远地失去了最爱。

陈一菲试图让自己的内心变得强大起来，可是不行，面对爱情，哪个女人可以真正做到笑看云卷云舒呢？

陈一菲紧紧地搂着李吉的脖子，眼泪大滴大滴地落下，搞得李吉的鼻子也一阵酸楚，心想自己也真不该，这些天估计也吓坏了她，便闷闷地说了一句："对不起！"

"我以为你私奔了！"陈一菲一下子由暗暗落泪变成了啜泣。

"我和谁私奔，除了你？"

"云京京！"陈一菲含着泪看着李吉，好像是希望从他的表情中看出蛛丝马迹，以此验证自己的猜想是否正确。

"不是云京京，是神经经！"李吉笑着揶揄道。

陈一菲就像婴儿一样，蜷缩在李吉厚重的怀里。李吉的内心五味杂陈，作为一个中年男人，自己渴望的生活是宁和平静。可眼下的日子仿佛被巫婆施了魔咒一般，如果有一个孩子，能否如愿消除这一系列诡异事件呢？

"要不，我们去国外的医院看看，你说过，没有解决不了的问题！"

"老公，你知道我拿到诊断结果时的感受吗？"

"嗯？"李吉感到又有一股潮气在自己的胸口升起。

"每一次，我都像一个等待判刑的罪犯，期待着法官说无罪释放，可最终的结果都是死刑。谁实话，死刑的宣判太多，我已经没勇气再站起来了……对不起，真的对不起！”

李吉把头抵在陈一菲的青丝上，双臂紧紧环抱住泣不成声的爱人：“命里有时终须有，命里无时莫强求。我们现在过得不是很好嘛……”

那一夜，李吉失眠了。那一刻，他觉得陈一菲就是自己的女儿，他想极力保护她，把她带出这个黑暗的深渊，可是他无能为力，他甚至向上帝祈祷，愿意用一切去交换自己妻子做母亲的权利。

上帝好像当真听到了羔羊的呼唤，经历过两个多月的精神煎熬，一个星期六的早晨，一阵急促的铃声吵醒了睡梦中的李吉。

电话是云京京打来的，刚刚测试的结果是，她怀孕了。

“什么？”李吉一下子还没有反应过来。

李吉的迟疑也把电话那边的云京京吓到了，过了一会儿才怯生生地回答：“我是云京京啊，我们签了协议的，我怀孕了！”

如梦方醒的李吉像中了头奖一样，兴奋地摇醒了枕边人：“老婆，我们终于也有孩子了！”

陈一菲顿时有了一种解脱之感，仿佛自己被无罪释放了一样。夫妻两人紧紧地拥抱在一起，好半晌李吉才想起电话另一端的主人公：“我知道了，告诉我你在哪里，我们开车去接你！”

看着丈夫那般雀跃，陈一菲忽然觉得一阵莫名其妙的委屈，是啊，他们即将有一个孩子了，他们的噩梦即将结束，可是，为什么她却高兴不起来？这种感觉就像是参加一场旧情人的婚礼，无论如何，自己都无法迅速地融入这份喜庆之中。

她曾无数次设想过这个场面，当李吉知道自己怀孕后，兴奋地把自己抱起来，对着整个世界大声喊，我要当爸爸了！我要当爸爸了！！

这个情景终于发生了，幸运儿居然是一个和他们没有任何关系的女人，因为这个女人怀了李吉的孩子。而陈一菲必须配合这份喜庆，或许这就是她和李吉的家庭幸福转运的开始。

在候诊大厅里，李吉不安地走来走去，生怕消息有变自己虚惊喜一场。

陈一菲忽然有一种预感，那个和她形神相仿的女孩，即将给自己带来一场灾难，具体是什么还无法确定，或许，她会把李吉从自己的身边抢走。不可否认，云京京很漂亮，就是年轻时候的自己，更重要的是，她可以为李吉生孩子……于是那些关于私奔的情景，又在陈一菲脑子中循环播放，越想越觉得胸口发闷，"我出去透透气。"说罢便径直离开了。

等陈一菲回来的时候，云京京正低着头和李吉说着什么，满脸娇羞的样子。一股酸楚一下子就涌了上来，直抵喉咙，她不知道这时自己该不该走上前去，她忽然对自己的身份模糊了，如果这个孩子出生了，自己到底应该扮演一个什么样的角色？母亲？可是她和这个孩子没有任何的血缘关系啊，这样对云京京非常不公平。陈一菲忽然非常后悔签署那个协议。

云京京看到陈一菲的时候，脸上忽然就浮起某种复杂的表情，好像是一个惊慌失措的小鹿，又好像是刚刚从别人家偷盗出来的小偷。以陈一菲阅人无数的直觉，这往往是说谎者才会流露的痕迹。

"您好！"云京京的声调多少有点颤音。

陈一菲回了一声"好"，便从李吉的手里接过化验单，又看了看云京京，好像在比对什么。这个看似不经意的动作却让云京京更加惊慌："李先生，李太太，还有什么事吗？如果没事的话，我就先回去了！"

"今天先这样，其实房子和照顾你的保姆都安排好了，就等你办理相关的休学手续吧……来，我们送你！"

"不用了，我自己回去就行了！"还没等陈一菲讲完，"小鹿"就急匆匆地走了。

大夫说过，试管婴儿的成功率不是很高。李吉没有想到，自己刚试了三次就中了头奖，内心不免狂喜。其实他也想过，让云京京住到家里去，家里房子很大，有阿姨照顾着，自己也放心，可是毕竟要考虑原配夫人的感受啊，只得作罢了。

趁李吉取车的当口，陈一菲不自觉地朝医院大门走去。果然，云京京正站在不远处，和一个高大的男孩在说着什么，表情依旧是那么紧张无措。那男孩随即做出胜利的手势，并狠狠地吻着云京京的脸颊，情侣的亲昵暴露无遗……

望着他们乘坐的出租车扬长而去，陈一菲忽然意识到，这个孩子将会引发一大串的麻烦。

亲爱的，别对我说谎

　　一整天，陈一菲都被在医院门口所看到的那一幕所折磨，变得异常沉默，而李吉却像年轻了十岁的小伙子，甚至还哼起了歌。

　　一天下来，李吉和陈一菲确定了让云京京暂时住到他们在通州的一套房子里去，不过由于那套房子已经很久没人住过，所以还需要请人收拾一下。房子确定了之后，李吉又拉着陈一菲去买了一些孕妇用品，对此李吉兴趣很高，但是对陈一菲来讲，却是一种折磨。

　　忙活了一天，回到家里，李吉才意识到，这一天下来，陈一菲好像并不高兴。

　　"老婆，怎么了，看你无精打采的样子！"

　　陈一菲勉强挤出一丝微笑："没事，我只是有点累了！"

　　"那你早点睡，我再上网去定一些怀孕的书籍！"

　　"对了，老公，那我是不是要和公司请长假？"

　　忙着去书房的李吉听老婆这么一说，停下了脚步："他们会给总监这么长的假期吗？如果请不下来，就索性辞职吧，反正宝宝出生后也需要妈妈照顾，你觉得呢？"

陈一菲不置可否，这本来就是计划中的一部分。只是她没有想到，这一天来得这么快，以至于自己思想准备都没有做好。

"我再考虑一下，怎么和David说吧，在继任者履职之前我不方便轻言离开的……"

交流完毕，夫妻二人一个走向卧室一个走向书房，各怀心事。

接下来的一个星期，陈一菲愈发怀疑，云京京怀的孩子很可能来路不明；而李吉则为如何说服老婆大伤脑筋，他打算把云京京接到家里来住，没错，他渴望陪着自己的孩子一起成长。

"我的成长环境您也了解过了，在别人家真的很不习惯……再说了，孕妇不能有太大的压力吧！"云京京的这一番话，让李吉颇感意外，却又不好强求。会面的最后，云京京委婉地表达了，按照合同规定，一旦确认她怀孕，就应该支付相应的报酬……

还没等李吉开口，陈一菲就抢着答道，确实是应该这样，但是今天出门着急，夫妻二人身上都没有带卡，明天她会亲自到银行办理转账业务。

李吉不明就里，可是看老婆这么一说，也不便再插嘴。

和上次一样，云京京依然拒绝了李吉开车送她的请求，直接拿了房子的钥匙，说自己的东西不多，叫辆出租车就可以过去，日后她会定期给他们打电话，汇报自己的身体状况。

功夫茶泡好之后，陈一菲给李吉斟了一杯，然后轻轻地和李吉说道："老公，我有些事，要和你说一下，你别急，这件事对我们都很重要，所以我们都必须理智和冷静！"

李吉有些莫名其妙，不知道是不是因为自己把焦点都转移到了孩子身上，又惹出了什么事端。可是反复观察，陈一菲身上也没有发神经的先兆，反而显得气定神闲。对了，下午她为什么阻止自己转账呢？

"你先看看这些资料。"陈一菲递给李吉一沓沓印的资料，有关于某些女孩利用怀孕来骗取钱财的新闻报道，以及试管婴儿的成功案例，最后是那份他们签署的合约的复印件。

"你的意思是？"

"我怀疑云京京怀的不是我们的孩子！"

李吉闻听此言又惊又怒："你怎么能这么想？"他担心陈一菲临时反悔，又不想要这个孩子了。

"我就知道你会急，咱们都不妨心平气和听听对方的意见。对于求子心切的富人而言，代孕所支出的八十万或许就是个小彩头，但像云京京这样的穷学生，难免会有走捷径的歹念闪过……"

李吉毕竟是在商海里几度浮沉的行家，风险的意识极其强烈，当初签署协议的时候只求速战速决，可现在听老婆一说，他马上觉察出问题的严峻性——如果拿到那三十万，她忽然消失了怎么办，你敢报警说被诈骗吗？再说了，这样私密性质的合约，通常都不受法律的保护。

直到这时，陈一菲才缓缓讲起那天在医院门口看到的那一幕。

这一个星期以来，李吉被即将成为爸爸的喜讯冲昏了头脑，冷静之后，他也觉察到云京京每次见他们时的表情都非常不自然，开始还以为是小女孩的害羞，可是现在回想起来却是慌张。他也开始怀疑，自己在那样的情绪下提供的精子，存活率是否足够高。

经过一个晚上的反复分析讨论，李吉和陈一菲达成了空前的一致，必须要把这件事像对待一场战役那样去处理——被骗钱财事小，别到头了抱到怀里的孩子却和他们没有一毛钱的关系。

讨论了种种方案，两人最后确定，有两个方法会比较见效。其一是找那个姜教授咨询一下，可以通过什么方法判定孩子和自己有无血缘关系，他们相信一定有办法可以检测出来，而不是要等到孩子出生之后，通过亲子鉴定；或者是直接找到云京京，依照陈一菲对那个男孩亲密动作的判断，只要运用一些巧妙的心理技巧就可以轻易地榨取出实情。

李吉倾向于采用科学的检测，陈一菲则倾向于采用心理战术。最后李吉还是同意了陈一菲的方法，因为确实是这样，如果去医院做检测，那么势必就会让更多的人接触到这件事，人多嘴杂，保不齐就会被传出去。现在整件事情，除了李吉那个朋友之外，再没有其他人知道，而李吉那个朋友是二十年的铁哥们儿，也绝对不会向外人透漏这件事。

在商场摸爬滚打很多年的陈一菲和李吉也都相信，"兵不厌诈"，如果云京京确实说了谎，那么一定会露出马脚。

所以第二天，陈一菲打电话给云京京说，银行转账难免会留下核查的线索，为了安全起见，他们还是希望用现金支付……云京京听了很兴奋，便答应了陈一菲见面的时间和地点。

李吉开着车出了五环，云京京一看车奔郊区的方向而去，就不免开始着急起来，急忙问道："我们这是去哪里？"

陈一菲从副驾驶上看了云京京一眼，说："云小姐，别紧张，我们家先生的一个朋友在郊区开了一家特色酒店，很安静，菜品也不错，所以也想带你去体验一下，另外安静的地方也好说话！"说完，陈一菲又戴上墨镜。

整个车子里一阵沉闷，李吉和陈一菲之间也不说话。越是这样，云京京越开始慌乱，不知道他们会把自己带到哪里去。

"对了，京京，我以后叫你京京吧？好吗？"陈一菲忽然又回过头冒出一句，吓了云京京一跳。

"哦，好！"

"京京，那天在医院门口那个男孩，是你男朋友吧？长得挺不错的，和你很般配！"陈一菲轻描淡写地说道。

"哪个男孩？哦，不是，不是，他是我同学！"

"哦，那他不知道你怀孕的事吧？"

"不知道！"

"哈哈，哈哈！"陈一菲忽然大声笑起来，异常怪异的笑声，让云京京听起来毛骨悚然。

"京京，你可真幽默！难道你告诉他你来妇产医院检查胃病？"

"我只说肚子疼，没提怀孕……"云京京已经有点语无伦次。

陈一菲摘下墨镜，回头看了云京京一眼。那双还不懂得隐藏的眼睛里闪烁着李吉最不愿接受的答案。是的，那双眼睛的神情像极了自己，这让陈一菲不免一阵感叹——即便云京京真的说了谎，那么也是自己和李吉做的孽。

可云京京已经慌乱无神了，陈一菲强大的气场一直笼罩着她，她甚至想推开车门逃跑。

酒店隐藏在山脚下，刚一靠近，她就被其奢华震慑住了，虽然自己没有见过什么大世面，但能拥有这样一间酒店的人绝非一般的权贵……

晚饭在摇曳的烛光中进行。李先生基本没怎么说话，全然没了前几日的兴奋；李太太倒是语调如常，可每一句话都像桌子上明晃晃的刀叉，让云京京感到不寒而栗。

"对了，京京，忘了告诉你，这间酒店主人的弟弟是国际上很有名的妇产医生Hansen。上次在这里吃饭的时候，无意中听他说过，现在有一种技术，通过提取孕妇的血液，就可以化验出胎儿的DNA，以此判断出孩子的生父，我们已经和Hensen预约了，你不会介意吧？"

新孕妇回答得很含混，脸色也骤然变得铁青。

"京京，你没事吧，看起来好像很不舒服的样子，我们在这里安排了房间，今晚就住在这里，明天直接去医院好吗？"

"当啷"，云京京手上的叉子第二次掉到了地上。

安顿好云京京之后，李吉站在窗户边上若有所思，整个晚上他已从当事人的神情中猜出了八九分。原本，自己还想耐心叮嘱云京京，每天最好能按时按点地测测胎动；不能再做任何剧烈的活动，也别看恐怖电影；生活要有规律，心情保持愉快，不能去不健康的场所……

很多时候，我们颇为努力地追问真相，可是真正知道了答案之后，自己却一点也不轻松。

原配夫人的力量

第二天早上，当他们敲云京京的门时，却发现早已是人去房空。从大门口的监控录像看，云京京是半夜两点十分离开酒店的。

尽管已有了心理准备，但李吉还是无奈地叹了口气。其实，他懊丧的不是自己的轻信，为云京京担心的成分倒是更多一些，不知道她昨晚是如何逃回北京的？也不知道事情败露之后，那个男孩会不会负责任？如果他们最终选择流产，那自己岂不是间接地害了一个生命？

真迎合了那句"知夫莫若妻"的老话，沉默还是由陈一菲率先打破："老公，京京是个二十出头的孩子，各方面条件都不适合生育。就算是一念成贪，业障也是由我们而起，不如重新修订协议，改为直接收养吧……"

李吉伸手将陈一菲紧紧地搂在怀里，人的一生注定会有很多错误的决定，但在选老婆的命题上，他无疑是最大的赢家。

云京京人间蒸发了，电话已经关机，学校里也不见踪影。

直到第三天，陈一菲接到一个陌生电话："你和李先生都是有头有脸的人物，我这里有代孕的协议和接头时的照片。你应该知道我想要什么吧？"

　　"我在医院门口见过你。"陈一菲已然感觉到事态的严重，但口吻依旧平和如常，"也许你没意识到自己的行为是敲诈，但你肯定晓得云小姐肚子里的孩子与谁有关。"

　　"少来这套！三十万，马上！不然我就把你们的丑事曝光！反正我是一无所有的穷光蛋，大不了再判几年，可你们不一样吧……"

　　这番话让陈一菲心头一沉，她意识到自己和李吉遇到了麻烦，对方是个十足的无赖。"对我们而言，如果能用钱解决的问题，那基本都不成问题。不过我希望能与你和京京面谈，一次性了断所有的荒唐！"

　　李吉正在开财务会议，一听到被勒索的消息，脑子马上就乱了。事实上，自己已经完全同意去收养云京京肚子里的孩子了，但他无法想象，这件事曝光，是不是会对公司上市产生影响。

　　可是，当他们见到云京京的时候，一切都晚了。她担心自己一旦被李吉他们抓到医院做了检查，非但不能得到任何的费用，怕是还要被学校开除，所以当务之急是迅速销毁证据。于是逃回北京的当天，她就一个人去医院把孩子做掉了。

　　"你他妈傻不傻啊？"无赖男一听要挟的筹码没了，顿时暴跳如雷。他恶狠狠地戳着云京京的额头，歇斯底里地叫嚷，"老子的好事都被你毁了！"

"啪！"一记响亮的耳光诞生在陈一菲的右手与无赖男的脸颊上。"你算什么男人？"在场的人都愣了，谁能想到优雅的HD中国市场部总监，居然有如此火暴的一面。

"我不管，反正你们必须掏钱！"无赖男嚣张地晃了晃手里的协议复印件和照片，全然不顾云京京在一旁哭得花容失色。

最后价格被定在了十万，其中五万收回协议，五万是给云京京用于调养身体。

尘埃落定。李吉觉得这四个字颇能概括自己的心境。无非人生旅途上演了一出小闹剧吧，他决定先把孩子的事儿搁置一下，毕竟公司上市的筹备工作已经容不得自己再分半点心思。

可对陈一菲而言，"烽烟四起"才更符合HD中国的市场部。受季节影响，Q3的销售曲线略有波动，但这一状况，却被刻意描述成"市场部忽然成了大肚军团，所以直接战斗力下降"。

欲加之罪何患无辞，陈一菲对此选择了一笑而过。出于大局考虑，她没必要进行还击，免得从市场策略、执行力、资源分配等各方面牵扯出更多不必要的是非。更何况流言的旋涡中，罗贝贝和唐蜜的压力都很大，每天挺着臃肿的大肚子加班到很晚——实打实的加班！很显然，拉升Q4的业绩才是制胜关键。

由于回到了各自的战场埋头苦干，所以面对代孕妈妈这件事，李吉和陈一菲基本无暇顾及。但十天之后，一个题为"某企业家找女大学生代孕"的帖子像癌细胞一样在网络疯狂传播。尽管没有指名道姓，但照片上隐约可见三个人去医院的场景，而且身份的描述非常详细——丈夫为某电子商务公司的CEO，妻子是全球最大的通讯设备集团的MD。

尽管陈一菲一度是公关界的名媛，但是面对突如其来的危机，仍旧显得无能为力——因为发生的一切都是事实。

对于HD中国而言，陈一菲虽然贵为MD，可毕竟不是第一长官，负面的影响不大。但无论如何，她也必须迅速把事态稳定下来——李吉的公司即将赴美上市啊，在这个节骨眼上，任何的风吹草动都可能导致满盘皆输。于是，陈一菲动用自己的所有媒体资源，通过海量信息对负面新闻进行了压制。

"唐蜜，贝贝，如果最近公司有什么变动，请你们不要感到意外。"陈一菲的一席话讲得二位准妈妈如芒在背。不过对于她们而言，关注重心早就投注在"吃什么对孩子皮肤好"、"哪个牌子的育婴产品最棒"一类的科学探索上。尤其是罗贝贝同学，肚子每天都要大上一圈，随着母体基础代谢率已经接近最高峰，什么总监梦啊，洗洗睡啦！

陈一菲拿出了原配夫人的果敢，在李吉毫不知情的情况下，迅速地召开了新闻发布会：她公开承认自己不能生育，为了维持这个家庭，一边游说丈夫去捐献精子，一边煞费苦心地安排了代孕母亲……具有十多年外企市场经验的总监，自然有把握把整个故事讲得滴水不漏、天衣无缝。这份协议是李吉当时为了安抚老婆，才特意提出由她签字，没想到今日竟然派上了大用场。至于那些照片，本来就经过PS模糊处理，又能说明什么呢？丈夫和自己去陪远方的表妹看病罢了！

在发布会的最后，陈一菲也义正词严，她将会通过法律手段，将敲诈勒索者绳之以法。其实她只是希望通过这种方法威慑对方，以免事态进一步恶化。

多年来，"陈一菲不能怀孕"这个秘密终于昭告天下，为了保护丈夫李吉，她把尊严狠狠地踩在了脚下。

第九章：正果岂能那么轻易修成？

本章语录

·生孩子这个特殊阶段，有点像历史上的春秋或者战国，要知道越是战乱年代，越容易产生伟大的智慧。

·什么是幸福？或许，幸福就是可以陪自己心爱的女人慢慢变老，直到皱纹也变成相濡以沫岁月中最美丽的诗行。

·是谁说过，女人的第一个孩子是丈夫，古之人不余欺也！一直以来，自己亲眼目睹男人的一点点成长成熟，果然有母亲的感觉，既辛苦又幸福。

·很多人总是挑剔婆婆这儿不好那儿不对，要是你亲妈，还会如此苛刻吗？所以说，要想处理好婆媳关系，你必须给她亲妈一样的待遇！要学会打入敌人内部，让她也觉得你不是儿媳妇，你是闺女，一旦让婆婆陷入这个迷魂阵里，那好处就大大的，你想拦都拦不住！

搬家不要紧，只要感情真

尽管唐蜜喜欢异想天开，但她万万也没有料到，自己大着肚子也会被勒令限期搬家。

星期天的一大早，他们小两口刚刚起床，还没来得及梳洗，就听到有人敲门。金浩然打开门一看很是纳闷儿，房租已经交了，房东胖大嫂跑来干吗？

胖大嫂的屁股一落到沙发上就开诚布公，房子要装修出售，所以要麻烦他们在一个星期之内搬出去。

"阿姨，现在合适的房子不好找，您也知道，我老婆现在正怀孕呢！要是因为价格方面的因素……"

"你老婆怀孕和我有什么关系？赶紧快收拾收拾，别耽误工期！"几天不见，胖大嫂像是研修了川剧的变脸绝活，由原来的和蔼可亲，一下子变成了凶神恶煞的包租婆。

"要是因为价格方面……"金浩然对钱的话题非常敏感。

"哎哟，小伙子，我总不能跟你说装修之后要加一千块吧？再说了，你们外地人都上北京来凑什么热闹，弄得首都犯心脏病啊！要生孩子就回老家嘛，有房子有地多舒坦，我跟你讲……"

胖大嫂就这样从档次、道德、成本、宜居等各方面一路唠唠叨叨了半晌，只听得先前饥肠辘辘的唐蜜胃口全无。

环顾四周，这栋筒子楼的确破败得可以。为结婚而装饰的喜字和窗花渐渐斑驳，显得十八平米的房间不那么整洁雅观。唐蜜不由得掉起了金豆子，生活怎么就这样了呢，自己从小到大，一直都是娇生惯养、呼风唤雨啊！就算白雪公主最终没有嫁给白马王子，落差也不该如此之大嘛！为人母为人妻，一套流程走下来，自己居然还住在垃圾堆里……

金浩然知道，唐蜜的沉默总跟郁闷相关，这次估计受的打击不轻，心头也不免升起了一股懊丧。早知如此，还不如限购之前买郊区的"大阳台"呢……好歹也是业主啊，总不至于遭遇被扫地出门的尴尬吧。天要下雨，房租要涨，日子得过，路也还长，被伤了自尊还得继续坚强！

哭累了的唐蜜，不停地安抚肚子里的糖豆；金大帅哥则满脸阶级斗争地在网上到处寻找出租房源。本来一个轻松的周末，被胖大嫂的造访弄得异常沉闷，这小两口谁都不愿意开口，都怕谁多说了一句，就立马会再引发家庭大战。

尽管结婚时没买什么东西，可行囊打理起来却相当不易。唐蜜越看越觉得过意不去，颤巍巍地想去帮忙，被金浩然喝了一句："你一边歇着去！"这原本是老公心疼老婆的关切之词，结果在敏感的唐蜜听来，却是小耗子嫌自己麻烦，禁不住忧从中来，又一个人坐在床边制造起了眼泪。

近来"不当家不知柴米贵，不养儿不知父母恩"这段话总在唐蜜的脑海里闪现——此一"闪"，可比那"闪"婚"闪"孕靠谱多了！现在她忽然理解了为什么很长一段时间内老妈都不肯原谅自己，哪个家长愿意自己的孩子受苦遭罪呢？

当然也不是全盘否定两"闪"的价值，生孩子这个特殊阶段，有点像历史上的春秋或者战国，要知道越是战乱年代，越容易产生伟大的智慧。

啜泣声让金浩然很是烦躁，在整理箱子的时候手肘碰到了桌角，一时间血流如注。唐蜜听到声音，急忙推门出来，看到金浩然已经疼得咬牙咧嘴。"老公，你的手！"

她赶紧从自己的化妆包里拿眉夹，把已经刺进肉里的玻璃夹出来，再用涂了消毒水的纱布包扎伤口。"疼……不疼？"她哽咽地几乎说不出话来。

一看到老婆的眼泪像断了线的珠子落在自己的手上，金浩然也受不了了，一把把唐蜜抱过来，眼泪也不自觉地就下了来："糖糖，对不起，我是个没用的男人！"

"胡说！你连血都流得那么帅……"对自己的老公，唐蜜的赞美向来不悭吝。

眼见父母相拥倾诉衷肠，糖豆在肚子里可不耐烦了，想必是要为此刻不开心的爹地妈咪加油打气，于是一通拳打脚踢。金浩然把耳朵贴在唐蜜的肚皮上，感受着铿锵有力的韵律，当即破涕为笑，心中暗想，你闹腾得倒是够欢，有本事就帮爹娘找个落脚地呀。

邪门了！金浩然这念头刚一萌芽，手机铃声就急促地响起来。原来是一个中介看到了他在网上的求租信息，更为巧合的是，中介提供的房源和他们现在的家只隔了五栋楼。金浩然撂下电话就跑过去看房，那个一居室窗明几净，敢情是房主刚装修完，就被公派到美利坚常驻两年……

"要不，咱们今天就搬吧，免得在这儿继续忍受晦气！"

"你疯了，贵了八百块呢！"在唐蜜看来，所有不与糖豆发生直接关系的支出，都不应该被纳入财政预算。

"还好吧……那边又干净又宽敞，价格也算公道，而且是一楼，方便你进进出出呢！"

金浩然没有请工人，就一个人搬来搬去。

唐蜜一个人坐在小区的花坛上，看着金浩然像只表情严肃的蚂蚁，提着大包小包跑来跑去，往日那个风流倜傥的帅哥形象早已不复存在，不免一阵感慨。

"老公，你觉得我可爱吗？"

金浩然擦了擦头上的汗水，又抚摸了一下唐蜜的肚子："据不完全统计，有两种女人最可爱。一种是妈妈型的，温柔体贴，会把男人照顾得非常周到，和这样的女人在一起，会感觉到强烈的被爱；还有一种是女儿型的，很胆小，很害羞，对男人的依赖感很强，和这样的女人在一起，会激发他们去展现个性甚至征服世界。"

"那人家到底属于哪一种？"

"糖豆他娘啊，那肯定是既有母性的温情又兼备女儿的娇憨喽！"

"少来！我现在胖得，简直像是被面目全非脚痛扁了一顿……"唐蜜对于糖衣炮弹的免疫力明显胜过常人一筹。

"老婆大人，多思伤心，多忧伤肝，所有的孕妇加在一起也没你漂亮！快瞧快瞧，旁边还有个孕期瑜伽班呢，等下咱们就去报名吧。"

"我警告你，不许打糖豆基金的主意！"

"拜托，买房那十万块，他个小豆丁如何花得完？"金浩然嘴上跟唐蜜抬杠，心中暗下决心，爸妈现在过得是苦日子，但保证你会是全天下最幸福的孩子！

百分百无从料想的逻辑

"Faye，虽然我尊重你的决定，可我还是想说，你可否再考虑一下，留下来！"

"David，Sorry，真的很抱歉！"

"我知道自己没办法说服你，可是HD中国真的非常需要你，更坦诚地讲，我需要你！"黄伟明第一次变得如此谦卑。

陈一菲听得出这个加拿大男人的真诚，可是经过一星期的炼狱，她已然学会放下。一直以来，事业、爱情、婚姻、人脉……像一把被她紧紧攥着的沙子。但此刻一切都变得那么轻松，是的，没人能阻止她的选择："David，I Know，可是我必须离开！"

"Faye，你知道，那件事不会影响到HD中国，那些谣言很快就会过去！"

"No，那不是谎言，那是事实。你知道，我没有办法生孩子，所以才会通过那种途径。But anyway，一切都已经过去了，我的离开和这件事无关，是我真的累了。我想休息，我想用剩下的时间去享受生命！"

"Faye，我祝福你，可是我真的舍不得你，因为有你在，让我对中国备感亲切！"

"谢谢，David，我会很怀念和你一起工作的时间，你是一个很好的BOSS and 合作伙伴，So，我希望很快还可以再见到你，不是在中国，而是在你的故乡……"

HD中国战绩彪炳的MD陈一菲，悄无声息地离开了。

有传言称，她是因为丑闻败露，被HD中国开除的；另据透露，她是忍受不了和李吉离婚的创伤，已经无法再上班……当然，更多的人对这些嗤之以鼻，在心里默默怀念陈一菲。黄伟明在全体员工的会议上郑重公布，陈一菲将会成为HD中国终生荣誉员工，HD中国随时欢迎她回来。

但是陈一菲知道，自己永远不会再回来了。她不但不会再回到HD中国，甚至连中国她都不愿意再回来。

此时此刻，阳光晴好，就像陈一菲的心情。很多人都会揣测，前总监会找一个无人的角落痛哭流涕，可事实却正好相反。陈一菲戴着太阳镜，优哉游哉地驾车离开加拿大大使馆，生命从未像现在这样的美好。她即将踏上那个飘满枫叶的国度，重新开始自己的生活。

是的，重生，自从决定离开后，每一天，陈一菲都能感受到重生的喜悦。她已经请朋友在温哥华租了房子，等安顿好之后，就马上飞过去，她要在那边过圣诞庆新年，再不需要李吉的陪伴。

想到李吉，陈一菲的心又不禁隐隐作痛，移民的事李吉仍旧被蒙在鼓里。如此的离开，感觉就像是永别，可是她还贪恋着这个男人的气息，贪恋着他的宽容、宠爱，这是她几乎等了一辈子才等到的一个男人，怎奈上天就是喜欢和她开玩笑，明明把他送到她面前，却最后告诉她，他不属于她。

好吧，好吧，不必强求，手中握着的一把沙子，握得越紧，失去的就越多。

周末的午后，李吉坐在沙发上看着一份财经报纸，陈一菲就坐在长长的餐桌旁插花，房间里放着轻柔的音乐。

李吉有一丝恍惚，他隐约感觉到陈一菲的身体里发生了巨大的变化。坐在他面前的这个女人，好像不是陈一菲，虽然生了陈一菲的面孔，但是整个人的感觉却完全不是他以前熟悉而挚爱的那个女人。

代孕女敲诈事件之后，陈一菲辞去了HD中国的工作，人忽然变得安静起来。白天他去上班的时候，她偶尔会去逛逛街，但大部分的时间都会留在家里，她的兴趣爱好忽然从工作转移到了布置家居生活上来。很多时候，她会留在厨房里，像制作艺术品一样制作每一道菜品，然后像个小女人一样等他回来。

虽然，他也和其他的男人一样，一直就渴求这样一个女人，可是一直以来，他都没有和陈一菲讲过，他爱她，所以不想改变她，更不想让她为了自己放弃梦想。

李吉困惑于是什么样一种力量，让陈一菲有了这么大的改变。从结果来看，他还应该感谢那个云京京，如果不是她这么一闹，或许陈一菲还会像天下所有的女强人一样，没日没夜地冲杀在办公室里。

如果说他爱之前那个陈一菲，那么现在，他不但爱这个女人，而且有一种奇怪的感觉，着迷，眷恋，温暖。

陈一菲穿着一套松松垮垮的麻布衣服，上面印染着五彩斑斓的花朵，在桌子前手忙脚乱，就像一个认真地做着手工的小学生，一会儿把花盆推后一点，看看哪里不合适，一会儿又拿起剪刀在上面修修剪剪。

李吉忽然升腾起一丝兴奋，就感觉自己像个莽撞的青年，忽然误闯进了别人的家，而恰巧碰见主人那貌美的女儿。

李吉放下手中的报纸，轻手轻脚地走过去，从背后抱住陈一菲，把头抵在她的秀发上，一股茉莉花香沁人心脾。

陈一菲仰起头笑了笑，把花篮递了过去："猜猜你是哪一朵？"

"你才是鲜花，盛开起来比什么都漂亮！"李吉解开了陈一菲的束发，柔软的青丝一泻而下。

"这是半成品啊，等插好了，效果才明显。"

"那我们可否换个地方，你继续插你的花儿，我……你！"李吉赶紧把那个字吹进了陈一菲的耳朵里。

"讨厌！"陈一菲一阵娇羞。

李吉把陈一菲拦腰抱起，是的，此时此刻的李吉就像一朵急于盛开的花朵，他必须在陈一菲的身体里找一个位置，把自己安放。

太阳已经偏西，细碎的金黄透过薄纱打在他们身上。

李吉支着身子端详着枕边人，虽然陈一菲的眼角已经有着非常细碎的小皱纹，但是这仍然无法掩盖她的美丽，那种被岁月打磨后如玉般润滑的美丽。

什么是幸福？或许，幸福就是可以陪自己心爱的女人慢慢变老，直到皱纹也变成相濡以沫岁月中最美丽的诗行。

"怎么还哭了？！"李吉又吻了吻陈一菲眼角的泪水。

陈一菲用双手勾住老公的脖子："我觉得完完全全做一个女人的感觉很好！"此时此刻，她心悦诚服地把自己交给这个深爱的男人，没有名利、没有欲望、没有恐惧，唯有爱。有三个简单的汉字已在她心头蔓延成整个绚烂的春天，可是她不能说。爱意味着承诺，而自己很快就会成为爱的逃兵。

在接下来的几个星期里，李吉和陈一菲的世界里，只有爱，就像刚刚热恋的男女，彼此在对方的身体和气息里探索爱的深浅。可是渐渐地，李吉就闻到了一种奇怪的气息，他说不清楚那是什么。

"老公，你爱我吗？"

"爱！"李吉不明白陈一菲为什么一下子问起这么严肃的问题。

"没什么，我只要你回答我！"陈一菲一直以为自己是不会撒娇的，原来这一招如此有效。

"傻瓜，我当然爱你！你知道的，我一直都爱你！"

"老公，我也爱你！"

"我知道！"李吉把陈一菲的腿搭在自己身上，双手一用劲，把她完完全全收到了自己的怀中。

"爱就是让彼此更快乐，对不对？"

"当然了，我会让你快乐的，我一定会让你更快乐！"李吉越来越把陈一菲当成了一个小女孩，需要他无尽宠爱的小女儿。

"你说话算数？！"陈一菲阴谋得逞般把头露出来。

"君无戏言！"

"那你要答应我一件事！"

"别说一件，一百件，一千件，只要力所能及，我都答应你还不行？"

"不许赖皮哦！"陈一菲的泪水再次滑落。

"宝贝，别哭，我答应！"

"我们离婚吧！"

李吉万万没有想到，陈一菲这次用这一招，以往她喊过好多次离婚，但是每次都以热吵开始，以冷战结束。可是这次不同，在恩爱云雨之后，她还在他的怀中软玉温香，竟然流着泪求他离婚，让彼此都快乐，这是什么逻辑！

但和以往不同，李吉点头同意了。

不是因为不爱，而是因为更爱，这种承诺更像是一种宠溺。

爱，就是一种最大限度的宠溺。

爱，不是选择挽留，而是选择放手。

爱，不是选择占有，而是选择把记忆带走。

逃离"北上广"

现实生活也是如此，与其在无望之中挣扎，倒不如选择重新来过。

在罗贝贝看来，唐蜜和金浩然就是一对被情爱冲昏了头脑的普通青年男女，他们不但缺乏对人生的规划，更加缺乏负责任的态度。他们的选择往往是随性而至，在善于算计的罗贝贝眼里，这俩孩子完全就是后现代的"无政府主义"。那种无知者无畏的勇气，让人由衷敬佩——拍拍脑门就可以做出决定啊！

"什么？你要和金浩然离开北京？"罗贝贝有点不敢相信自己的耳朵。据说到了孕晚期，孕激素的影响开始显著减少，但雌三醇激素水平的提高会导致怀孕女性的大脑出现"临时记忆"问题。她们会变得很难回顾最近发生的事件，以及反省自己的情绪变化。

自从陈一菲离开HD中国之后，离职就好像成了一种传染病，还不到一个月的时间，市场部现在已经有两人离开，没有想到，唐蜜也要离职！

"糖糖，你的脑袋是不是进水了啊？和他回到那个城市，能有什么发展？"

"贝贝姐，难道在北京就一定有发展啊？就像和你孟子这样，还不都是打工，供房子、供车子、供孩子，这一辈子扛上了三座大山？"

"怎么着，刚遇到这点困难，你们就选择当逃兵了啊？"

"姐姐，那你还真小瞧我们了，这次，绝对不是被动接受，而是主动出击！"

虽然罗贝贝还是屡表怀疑，但是这次选择和金浩然回乡创业，的确是唐蜜最后拍板拿的主意。

俗话说，一朝被蛇咬，三年怕井绳，经历过金浩然和尹美娜的艳遇未遂的一场虚惊之后，大大咧咧的唐蜜也终于变得细心起来，在罗贝贝的耳提面命之下，开始对金浩然的通讯往来严加监控。可是金浩然非常不给力，这让监控者唐蜜觉得索然无味，因为发到金浩然手机上的信息，除了同事交流之外，基本就是卖房广告。

正当准备鸣金收兵之际，几条短信却一下子让她紧张兴奋起来。

"速回电话！"

"我真的等不及了！"

"我要说的都在邮件里！"

"这对我们来说都是一次难得的机会！"

"求求你，再好好考虑一下好吗？"

"看在我们多年的情分上，你一定要相信我！"

发件人叫董小苹。

唐蜜又翻看了通话记录，未接电话、已拨电话、已接电话里全部都有这个名字。而且最长的一次通话时间是38分钟。

这些信息的发现，让唐蜜既难过又兴奋："好呀，金浩然，看来你小子真是一计不成又生二计，狗急跳墙，变本加厉！"

或许是因为有了尹美娜事件的铺垫，唐蜜在发现金浩然二次出轨的时候，没有那么悲痛欲绝，这一次她决定要和金浩然斗智斗勇。

她把手机重新放回桌子上，反复地训练了一下自己的表情，就当什么事情也没有发生一样；可是心里却不断感叹，做女人容易吗？都说女人的嗅觉灵敏，这都是被男人逼出来的，一代一代传下来，女人才如此进化！

经过了几天守株待兔之后，唐蜜很轻易就抓住了一个机会。

金浩然在晚饭后，躲到了洗手间里去，他在接听一个电话。

"小苹啊，我知道你为我好，可私奔这么大的事，必须好好考虑一下！"

……

"我知道，我知道，可是我老婆现在在怀孕！"

……

"我保证，再给我一个星期的时间，一定告诉你我的决定！"

"孩儿他爹，你是不是有什么话，要跟我和糖豆说！"待金浩然返回客厅的时候，唐蜜已经一副升堂会审的架势，挺着大肚子靠在沙发上。

"糖糖，你这是怎么了？"金浩然已然发现了唐蜜的不正常和严肃表情，立马凑了过去。

唐蜜的眼泪"刷"地一下就下来了。比起上次的不打自招，金浩然显然对逼供有了免疫力。"你不想说说董小苹是谁吗？有什么决定不妨现在就打开天窗说亮话！！"

"糖糖，你误会了！"

"我误会了？金浩然，你竟然说我误会了！我告诉你，我只是怀孕了而已，我的脑子并没有坏掉！"

"乖，别哭，到底怎么了？"

"怎么了，她不是都等不及了吗？"唐蜜咬着嘴唇哽咽道。

"哎哟，老婆大人，你不会又想跟我离婚吧？宝宝会被你吓坏的……"金浩然登时意识到问题的严重性，原来唐蜜偷看了自己的手机，但此刻必须温和平静，谁让天底下孕妇最大呢？

"你心里头还有我们娘儿俩啊？你不是一门心思想跟董小苹做个艰难的决定吗？"

"哈哈，老婆你想听故事不？"

"关于你们多年情分的？"

"二十几年前，一对年轻夫妇抱着个大胖小子去上户口，本来呢名字寓意是'小富即安，一生太平'，可户籍员见孩子可爱，嘴里头'小苹果'长'小苹果'短地念叨着，结果在户口本上给写错了……当时大家都不大在意，玫瑰叫做别的也一样芬芳嘛！谁知道他日后总被误会是个小姑娘……"

"你是说……这董小苹是个……男的？"

"那还有假？是大学时睡在我上铺的兄弟！上次不是给你看过照片的嘛！"

哦，唐蜜猛然把这个名字与当事人紧密对应起来——苹果？就他那形象叫土豆还差不多！！唐蜜不由得破涕为笑。

"老婆，你又神经过敏了吧？"金浩然揶揄道。

"哼，讨厌，两个大男人商量什么私奔啊？"唐蜜一个巴掌轻甩过去，被金浩然手疾眼快地接住。

董小苹者，毕业之后就一直从事软件销售工作，在业内堪称不折不扣的精英分子。一个偶然的机会回秦皇岛休假，看到整个高新技术园区建设得已经非常有规模，当地专门扶持一些互联网IT企业，不但提供办公场所、免税，还提供金额不小的启动资金……野心勃勃的他登时想到了自己下海创业。

可是经过反复考虑，觉得凭借一己之力，很难打开局面，所以就在朋友同学圈中物色创业伙伴，三番五次比较下来，董小苹逐渐摸索出了自己的选人标准，其一是要在技术上有原创能力，这样可以和自己优势互补；其二是诚信可靠有责任心，千万别搞那套尔虞我诈的把戏。反复筛选之后，金浩然同学高票入围。

更主要的是，他亲自体验过金浩然开发的游戏，乖乖，设计理念当真是不输给日韩的高手，有了这哥们儿的加盟，那上中下三路就毫无破绽可言了。于是董小苹使出浑身解数，晓之以理动之以情，用诗意的语言和铁一样的事实，力邀金大帅哥一道回乡创业。他为说服做出了最大的让步，不惜将CEO的位置拱手相让——兄弟，你是来啊，是来啊，还是来啊？

但是，金浩然放不下唐蜜。毕竟，放弃辛苦得来的资源去经历一场华丽的冒险，这多少有不靠谱之嫌。又或者说，唐蜜这样光鲜亮丽的女子，本就该属于色彩斑斓的首都，而不是海滨那种狭长的小城。二者的区别，显然不是人口相差二十倍那么简单。

如果没有结婚，他可以当即向公司递交辞呈，马不停蹄地开始自己的创业生涯——拥有自己的公司，拥有自己开发的游戏品牌，拥有无数的属于自己的游戏玩家。

可是，他结婚了，很快，又将是一个孩子的父亲，在丈夫和爸爸的双料职称下，他不能再那么坚决地朝着梦想飞蛾扑火，他必须给他们一个安稳的未来。

然而，当唐蜜听到金浩然可以成为一个CEO的时候，简直可以用两眼放光来形容。

"老公，真的，他们真的准备让你去做CEO？"

"嗯！"

"那你还等什么？！"

"我怕你不同意！"金浩然设想过很多次，当唐蜜知道这个消息后的反应——暴怒、痛斥、号啕甚至昏厥。很显然，唐蜜现在的表情完全不在预料之列。

"呸！CEO太太耶，傻瓜才会不同意！"

"你真的不害怕？CEO太太可不是好当的啊！"金浩然无奈地摇了摇头。

"怕什么？三分天注定，七分靠打拼，爱拼才会赢嘛！"唐蜜挺着大肚子仍不忘手舞足蹈。

"老婆，一旦决定回去，糖豆基金肯定得当做前期投入了，而且我会很忙很忙，可能会怠慢了你跟孩子……"

"还有呢？"

"嗯……成功了还好，一旦失败，咱们将彻底一无所有！"

"这就是你让董小苹等一周的原因？"

"嗯……"

"老公，那我可以很负责任地告诉你，咱们回去吧！"唐蜜拉过金大帅哥的手，传递着温暖和坚定。

"你……想清楚了？"金浩然兴奋地几乎跳起来，之前最理想的预测是唐蜜打发他一个人回去，公演一幕双城计。

"当然！大不了一夜回到解放前呗，你自己说说看，咱俩解放前都有什么？与其在北京这么拧巴地活着，还不如及时回去，开创一片自己的天地呢！CEO，我看好你哟！"

这一晚，孕期嗜睡的唐蜜竟有一点点失眠。

回想二人第一次相遇的情形，第一次吵架的画面，以及金浩然求婚的场景……一幕一幕闪现，就像电影一般。是啊，他们之间的每一个决定都像是一场赌博。因为意外怀孕，自己在25岁的花样年纪就成了已婚妇女，迎接贫贱夫妻百事哀的洗礼。这简直与她的人生梦想完全南辕北辙。在潜意识里，她还是希望自己能嫁给一个成熟成功的男人，像陈一菲那样，既有自己的事业，又有一个体面的老公。

北京之于唐蜜，不过是一个漂泊的梦想罢了。与其相比，她更愿意相信金浩然的才华，毕竟她爱身边这个男人，所以她就必须要赌下去！

"老婆，你真伟大！"这几乎成了金浩然每天固定的问候语。

"少跟我面前跳忠字舞了，跟糖豆表示表示就行了！"

"糖豆，爸爸再次向你保证，嗯，不成功，便成仁！"金浩然把嘴贴在唐蜜的肚子上，亲了一遍又一遍。

"呸呸呸！"唐蜜躺在床上，凝望着老公踌躇满志的脸庞。是谁说过，女人的第一个孩子是丈夫，古之人不余欺也！一直以来，自己亲眼目睹金浩然一点点成长、成熟，果然有母亲的感觉，既辛苦，又幸福。

虽然还是无法清晰地知道，不断长大的金浩然会把自己带向哪里，可是那已经不重要了，父子二人的内外互动让她觉得有些累了，她需要休息，索性就把自己交给男人好了！

但黄伟明仍旧迷惘该把命运托付给谁。自己到HD中国以来，一直顺风顺水，随着陈一菲的离开，一下子遭遇了上任以来的第一次危机——如果在一个月之内找到合适的MD，对市场部的工作不会造成太大的影响。可现在的问题是，非但领导者没着落，"幸运课代表"唐蜜居然申请离职，理由是随夫回乡创业；前总监的助理走也就罢了，没想到深得陈一非真传的罗贝贝居然在家中摔倒，动了胎气，需要提前休产假……

　　黄伟明把一沓简历摔到桌子上，指着一干人事经理的鼻子大骂："我不相信，重金还挖不来'资深人士'？你、你，还有你，要是下周还没有合适的经理，你们都回家安胎算了！！"

哎哟喂，怕什么来什么！

就在HD中国乱成一锅粥的时候，罗贝贝家里也差不多是同样的状况。

本来整个怀孕过程中，除了罗贝贝偶尔起伏不定的情绪之外，一切运转都很正常。所以晚上的时候罗贝贝还和孟子讨论，到底什么时候休产假，孟子主张越早越好。现在肚子越来越大了，还每天去上班，万一出点什么意外怎么办？

罗贝贝暗想，你每天开车接送能有什么意外？提前一个星期休就行了，哺乳期的时间会长点。听人家说，喂奶的过程会非常痛苦，每天胸涨得要死要活的，她可不想受那份罪。

没想到，第二天一早，意外就发生了。

最近罗贝贝胃口大开，每顿饭都感觉能吃下一头牛去，老秦看罗贝贝如此勤奋地摄入自然喜上眉梢，变换着花样给儿媳妇加强营养。

坐在沙发上的罗贝贝忽然想起，今天黄伟明好像要来市场部开会。虽然自己现在已经胖得看起来都像一只水桶，但是尽量还是要穿得更职业一些吧，毕竟能和总裁一起开会，一个月都轮不到几次，任何一个细小的细节都不能忽视。

在转身去卧室的途中，包包没有放稳一下子倒了下去，不偏不倚碰倒了一个水杯，要是平时，罗贝贝一定立马弯下腰去捡起来，可是现在，弯腰对她来说，已然变得非常奢侈——要不你抱着一个大西瓜弯腰试试？于是，大腹便便的她绕开了那摊水迹，径直奔向了衣柜。

左一件，右一件，说实话，市场给高级白领准备的孕妇装太有限了，往昔的精致女人，干吗都按照笨重企鹅的模式打扮呢？她对着镜子不住地摇头，选来选去还是换回了原来的那套。

本来她打算喊"孟子，来扶我一下"，想了想还是作罢，动几下腿脚，不就把自己挪回沙发了嘛。

"扑通"，一件庞然大物倒地的声音。

老秦第一个冲出了厨房，见儿媳妇仰面朝天躺在地上，盘子登时落地。她的第一反应就是，完了，孙子没有了！"快来人啊，贝贝摔了！"

孟子正兴致勃勃地刮着胡子，一听到老妈带着哭腔的叫喊，忙不迭地冲出了卫生间，妻子倒地的这一幕着实也把他吓傻了："120是多少号？"

十分钟之后，急救车来了，把罗贝贝抬上了担架，地板上已经有一摊血迹。

"观音菩萨，可千万保佑我的大孙子没事啊！"罗贝贝刚被抬起，老秦就开始哭天抢地，刚才她已经把古今中外古往今来的各路神明都央求了一遍。一直以来，她忍辱负重不就是为了保护孟家的优良基因吗？没承想胜利在望之际竟然……

医生白了老秦一眼，不耐烦地说道："家属安静些，现在需要平复孕妇的情绪，你这样一哭，会让她更紧张！"

孟子一边握着老婆的手，一边不停擦拭罗贝贝额头的汗珠和眼角的泪水："贝贝，忍着点，马上就没事了！"

罗贝贝刚一被推进急救室，老秦就又放声大哭起来："我这大孙子要是没了，我也就不活了！"

老孟瞪了老秦一眼："闭嘴！都啥时候了，你添哪门子乱？"

孟子被老妈这么一哭，强忍的泪水也潸然而下，离预产期还有一个月的时间，现在要是真的出了点什么问题，别说老秦，他也不知道怎么面对。虽然还不知道这个孩子到底长什么样，可是他已然感觉到和孩子建立了一种非常奇妙的联系。每天对着罗贝贝的肚子说话，第一次贴在罗贝贝肚子上听宝宝的胎动，第一次尝试着为孩子胎教，到后来每天晚上陪着宝宝一起"打鼓"……

"我老婆现在怎么样了，孩子会不会……"看见刚才陪车的护士走了过来，孟子忙不迭地冲了过去。

"不用这么大惊小怪的，最坏的情况就是早产，孩子已经快40周了，即使早产也没有什么问题，放在保温箱里，和正常的孩子没有什么两样！"护士有点被老秦夸张的哭声惹怕了，答得多少有点不耐烦。

专业人士的安慰多少起了点作用，老秦降低悲伤的分贝为啜泣。但孟子依旧放心不下，在走廊里来回踱步，恨不得化身为一只小蚊子，飞到急诊室里一探究竟。

一个小时候，罗贝贝被推了出来，孟子一个箭步冲上去，拉住医生。

"放心吧，就是有点软组织挫伤！多亏你们送来得及时，没有早产迹象，已经打了安胎针，回头再查下胎盘，建议在接下来的这段时间尽量静卧。"

老秦抹了把眼泪，一个劲儿感谢，总算把老孟家的孙子给抢救下来了。

因为卧床静养，罗贝贝的世界获得了难得的宁静祥和。而来自婆婆的呵护，更让她觉得幸福感与日俱增。老秦每天花样翻新地筹备三餐，马不停蹄地往返于菜市场、医院与家里。到了病房，老秦把各式各样的菜盒端出来，放在桌子上，要是太热就拿出一把小蒲扇，把饭菜扇凉，再递到罗贝贝的嘴边。

每次看到婆婆汗流浃背的样子，罗贝贝都有些于心不忍，就嘱咐她来回打个车。每次老秦都满口应着，最后还是公交车来公交车去。

"你说说，都是当婆婆的，差距咋就这么大呢？"看着罗贝贝被老秦这么伺候着，对床的一个孕妇简直嫉妒得要命。

"美女，我问你一个问题啊。"

"你说！"

"你爱你老公吗？"罗贝贝在HD中国这些年参加过数次培训，对谈话节奏的控制可谓驾轻就熟。

"那当然！要不能为他受这份洋罪？"对床的美女回答得信誓旦旦。

"跟婆婆有小别扭了？"

"小别扭？那简直是战争级别的！我这住院都好几天了，她向来都是电话遥控，从来都不主动来看我！"

"美女，你想想看，你爱你老公，可是你老公的一半来自于你的婆婆吧，如果你讨厌你婆婆，是不是就代表你也讨厌你老公？起码讨厌一半，这多纠结、多悖论啊？"

"哎哟喂，这也太绕了！"

"很多人总是挑剔婆婆这儿不好那儿不对，要是你亲妈，还会如此苛刻吗？所以说，要想处理好婆媳关系，你必须给她亲妈一样的待遇！要学会打入敌人内部，让她也觉得你不是儿媳妇，你是闺女，一旦让婆婆陷入这个迷魂阵里，那好处就大大地，你想拦都拦不住！"

"妙哉！听上去像是'杀人诛心'的潜伏版啊？"对床的美女一副茅塞顿开的崇拜神情。

"其实，以前啊，我这腰也是弯不下来，总觉得吧，不能对婆婆低头，所以看婆婆就什么都不顺眼。可是要是这腰一旦低下了，就发现，婆婆也没有那么坏，把咱老公养育成才也不容易，这慢慢地就真的把她当成自己亲妈了。我也不知道这是不是因为怀孕的缘故，更知道了一个当妈的不容易，反正，只要这头一低了吧，婆媳关系就没那么难处了！"

对床的美女想了片刻，随即拨通了手机，用含糖量极高的声音说："妈，这两天特忙吧，我呀，没事啊，吃嘛嘛香，这不刚才还想起上次您带的那种火龙果呢……"

不多时，罗贝贝就瞧见一位阿姨来到病房，手里还拎着两个超大的塑料袋。

"妈，可不许您大热天的折腾啊！"美女佯装愠怒道。

"这怀孕了，要是想吃啥，就必须及时吃，过了时候，就不是那个味喽！想我当年怀孕的时候……"

罗贝贝朝对床俏皮地眨了眨眼睛，意思是说，你这到底是真情还是演戏啊？

度过有惊无险的一周后，罗贝贝正式告别了病房。因为不能起床运动，再加上老秦的悉心照料，她体重激增，又胖了一大圈，基本达到站着时完全看不到脚面的程度，翻身、洗脚，这些平时最简单的动作都无法完成。

所以，孟子就成了贴身保姆，夜里不停地帮着罗贝贝翻身。在孟子的帮忙下，罗贝贝不再为此苦恼，可是更加苦恼的事情是，由于缺钙，每晚刚一睡着，就因为腿抽筋而疼醒，孟子就左腿揉完揉右腿，有时揉困了，就一边揉一边闭着眼睛半醒半睡。

碰上罗贝贝心情好的时候，她也心疼孟子，晚上这么折腾，白天还要去上班。自从住院以来，罗贝贝是胖了一圈，孟子却明显瘦了一圈。

可是如果遇到准妈妈觉得身材复原无望时，就不免被施点小."家暴"："如果不想揉就算了，你就去睡觉吧，让我疼死算了！"

"下不为例，下不为例！"孟子被蹬醒了就马上赔礼道歉，深刻检讨。没多一会儿，又听到罗贝贝的叹息不断，"怎么了，老婆？"

"宝宝又踢我了！"

于是孟子再度起身，隔着肚皮跟调皮捣蛋的家伙和平谈判："乖乖，别闹了好不好，你要是不吵妈妈，回头爸爸给你买积木……小火车……"孟子一边絮絮叨叨，一边抚摸着老婆的肚子，而宝宝好像真的听懂了一样，只要说买玩具之类的，就立马安静下来，罗贝贝能短暂地休息一会儿。

可好景不长，小家伙变得愈发贪得无厌，当初的好吃的好玩的已经不能满足他日益增长的物质需求，孟子只能变着法的许诺名贵的手表、珠宝甚至古玩字画……"老公，还记得欠宝宝多少东西吗？你说话可都要算数啊！"

孟子迷迷糊糊举起一个小本子："当然，每答应一次，我都登记在册！老婆，咱们拼命赚钱吧，世界首富也就要这么多东西吧……"

第十章：渐行渐悟生命的圆满

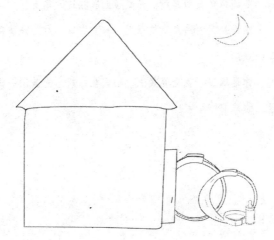

本章语录

·老婆抑郁了，老公的压力陡然增大——两万五千里的长征啊，眼见就到延安城门口了，咋还能节外生枝呢？

·傻闺女？这个称号那般亲切，孕期的一场修炼，让这对一度剑拔弩张的婆媳，变成了血脉相连的母女。

·或许是我的沸点比较低吧，有爱有家，这就是值得奋斗的方向！

·你是钢筋，我是混凝土，咱们在一起才能盖出一栋房子，才能有一个家！

当抑郁又来敲门

随着预产期的临近，各种不适越来越严重，罗贝贝变得异常烦躁起来。自已已经完全走形的身材，何时可以恢复啊？宝宝的健康会不会有问题，万一有先天缺陷怎么办？到底是像爸爸还是像妈妈？

罗贝贝一烦就必须拉着老公反复求证，孟子也只能一个劲儿地安慰，说没事没事，咱们的宝宝一定健康又可爱……为此，他还特意去医院找大夫咨询了一下，才知道罗贝贝可能得了产前忧郁症。真是怕什么来什么，孟子急得不行。在他的概念里，忧郁症是一种很严重的心理疾病，要不当年为啥崔永元的忧郁症天下皆知呢。

孟子就一个劲儿地问，医生白了孟子一眼："十个孕妇有八个都会有这种状况，没有什么大不了的，最主要的是需要家人多陪伴，多去和她们交流，以缓解她们的压力，如果孕妇的这种压力不能很好地缓解，可能会对胎儿的健康产生影响！"

老婆抑郁了，孟子的压力陡然增大——两万五千里的长征啊，眼见就到延安城门口了，咋还能节外生枝呢？要知道，罗贝贝这些年在HD中国一直生龙活虎，冲锋在前，职场的忙碌多少能分散一下她的注意力。可自从摔了一跤之后，医生建议她在家休养，每天以吃睡为主业，也难怪她要胡思乱想。

进了会议室，孟子一个劲儿地道歉，虽然会议已经正式开始，可是罗贝贝现在的状况多少让他有些心不在焉。所以整个会议就因为孟子的走神而混乱不堪，项目流程和架构孟子也都没有说得很清楚，陈老板的脸上登时就挂了灰。

面对同事们失望的表情，孟子也很自责，这样的状态继续下去，不但不能把项目做好，反而可能将其带到一个相反的方向。

"陈总，我有点事想跟你谈谈！"孟子在下班之前，敲开了老板的门。

陈老板示意孟子坐下，看得出他的神情同样处于纠结状态。

"这个项目，您看可不可以找别人带一下？"

"孟子同志，你是公司的技术总监，一千多万的项目，你让我找谁带？"如果没有镜片阻挡，火苗肯定会从陈老板眼睛里喷射到孟子的身上。

"陈总，我老婆马上就要生了，偏偏这节骨眼上得了抑郁症……我每天都变着法地陪着她哄着她，如何集中精力在工作上？"

"这样吧，公司双倍薪水替你请最好的月嫂！"

陈老板显然低估了孟子的倔强和执拗，任他悠悠万事，现在是罗贝贝一家独大。公司毕竟可以抽调骨干力量扫清外围工作，但自己老婆哪儿能交给别人陪呢？

"这么多年我待你不薄啊，总不能说撂挑子就撂挑子吧？"

"是我的责任，我从不推卸，但眼下我必须陪老婆孩子！"

陈启发没想到这个平时温顺的老好人，一下子变得不近人情，他恼羞成怒一拍桌子："行，那你回家陪你老婆去，我马上就再招个技术总监回来！"

"我这也是怕影响项目进度才主动提出申请，将心比心，谁没老婆孩子！？"孟子一甩门，气呼呼地走了。

随着那"咣当"一声门响，陈启发在办公室里一根接一根地抽起了烟，说炒人容易，可是真要让他再去招个技术总监，哪儿有像孟子这样合适的？最近几年，有多少家公司拼命想挖他的墙脚，还不多亏了孟子刚直不阿？

走向停车场孟子也很烦躁，感觉自己刚才好像被什么妖魔鬼怪附了身一样，他明明知道陈启发在乎这个项目，为什么还要这样激怒他？自己工作了这么多年，始终都是老好人形象，怎么一下子变得这么冲动？难不成自己也得了产前焦虑症？毕竟找到这样一个信任自己的老板，拿着份不错的薪水，在北京也不是一件容易的事情。

罗贝贝看着孟子抱着一个箱子回来非常纳闷儿："老公，还要加班啊？"

"有一些资料要在家看喽！"孟子故作镇静。

"最近是不是很忙啊？"

"还行！不忙！对了，我请了一个月假，当家庭妇男陪你待产!"

"啊,不会吧?"罗贝贝一听老公可以陪自己,兴奋坏了。

"淡定!淡定!"

"那个陈扒皮终于开窍了?还舍得给你这个永动机放假?"

"他说念在我这么多年一心扑在岗位上劳苦功高,有且只有一个老婆还临盆在即,于情于理都该照顾一下下的嘛……"孟子怕罗贝贝知道自己失业会加重她的忧郁症,就故作轻松道,还不断讲陈启发多么善解人意、体恤员工之类的。

一想到接下来的时间,老公可以每天在家陪自己,那种莫名的恐惧和紧张就像暖阳下的积雪,慢慢在罗贝贝的心头融化。整个晚上,她都花容绽放,开心得像迎新年的小朋友,一个劲儿地和孟子描绘她又做了什么梦,梦里梦到宝宝长得什么样子……

第三天晚上,陈启发提着一个大花篮探望准妈妈,罗贝贝才知道孟子不是休假,是炒了老板的鱿鱼。

"你们家老孟哟,发起脾气来比十头牛还倔!耽误了一千万的项目哦……"陈启发的苦瓜脸上写满了莫名的赞叹。

"陈总,你看我这……"孟子一时语塞。

"孟子同志,问题很严重啊,不是我想为难你,而是合作方点名必须要你负责执行,下个月再正式立项!我商海浮沉二十年,头一次见着要当爹的人有这么好的运气!"

不会吧?孟子和罗贝贝面面相觑,又把目光停留在高耸的肚皮上,暗想,这孩子到底是什么来头?

陈启发从罗贝贝的眼神里看出了窃喜的内容,于是趁热打铁道："总监这个位置呢非孟子莫属，你们就放心歇产假，无论多久公司都愿意等！"

孟子闻听很是过意不去，连忙起身道谢："陈总，您放心，我保证按时归队！"

临走，陈启发又丢过一个厚厚的信封，说是给未来小孟的见面礼。

"三万块！！老公，你是不是帮他做什么伤天害理的事了？"在罗贝贝的意识形态中，无功不受禄是千古美德，无事献殷勤，非奸即盗。

"嗯，看来是把项目奖金提前预支给咱们喽！"

"老公，你也太没气节了，这点好处就把你收买了啊！"

"谁让咱们宝宝的面子大呢？"

不管如何，这笔意外之财让这小两口兴奋了整个晚上。孟子咧着嘴傻笑，搂着老婆吧嗒吧嗒亲了好几遍，就差点把钞票隔着肚子塞到宝宝手里了！

"这都是你给爸爸妈妈带来的好运哦！"

"还是老婆英明！"孟子拿起台历，在上面重重画了一道橙色线条。

罗贝贝无限满足，以前她始终觉得孟子就是一个普通人，安分守己，兢兢业业，可是今天陈启发的到来，让她忽然觉得，自己选的老公是一块熠熠闪光的珍宝，能把平凡普通的生活过成了伟大。当然，这个秘密她并不准备说出来，万一孟子骄傲了，不进步了怎么办？自己必须一如既往地实施压迫、摧残以及贬值处理，以此让孟子继续低调。所以，她拽过孟子的胳膊，咬了一大口。

"老婆，你有没有得狂犬病？！"

罗贝贝哪儿顾得上那许多啊，反正抑郁症早好了！

孟盖茨小盆友闪亮出场

"妈，如果真的生了个女孩，您会不会怨我？"罗贝贝脸色苍白，额头上渗着细密的汗珠。

宫缩从昨天晚上开始，刚吃完饭罗贝贝就疼得直不起腰来，于是一家人急急忙忙拿着待产包来到了医院。

可是到了早晨，骨盆还是没有打开，持续的阵痛把罗贝贝折磨得像是一张很拧巴的白色床单。纵然再疼，她始终没有哭。倒是老秦在一旁吧嗒吧嗒不断掉眼泪。

"傻闺女，男孩女孩都是老孟家的血脉，我都疼我都爱，就是苦了你了！"

傻闺女？这个称号那般亲切，孕期的一场修炼，让这对一度剑拔弩张的婆媳，变成了血脉相连的母女。

老秦一边安慰罗贝贝，一边催促着孟子和孟老师去找医生："实在不行，就剖了吧，别再让丫头在这儿遭罪了！"

"妈，没事，我能坚持，人家说顺产的孩子健康又聪明！"罗贝贝努力地挤出一丝笑容，算是缓解紧张的气氛。在被推进产房的那一刻，她还不忘向大家做了个胜利的手势。

产房里，罗贝贝挣扎并嘶吼着，虽然从昨天晚上折腾到现在，但是这并没有使她降低叫喊的分贝。孟子在门外心急如焚，他曾无数次央求陪产，可追求完美主义的罗贝贝死活也不肯。

"妈，你说会不会难产啊？"孟子的手一直在抖，仿佛面前有一架钢琴，那手指的频率很像是在舞台上演奏协奏曲，随着里面的喊声而起伏。

"瞎说八道，贝贝那么硬实，肯定痛快！"老秦知道，这一刻必须稳住，可怎么觉得此时此刻，比自己生孩子的时候还紧张呢？

"嗯，我真怕……"

"儿子，这回你知道了吧，女人生孩子就等于把一只脚跨进了鬼门关！"

"妈，我求求您了，别吓我，我都快急死了！"听老秦这么一说，孟子恨不得自己躺到产床上，去替罗贝贝受这份罪！

"就凭这个女人愿意给你生孩子，你以后也一定要对她好！想当年，我生你的时候大出血，差点就把脚跨到那边去了……"老秦说着说着眼泪又吧嗒吧嗒掉下来了。

孟子上前给老妈一个熊抱，明着老妈这是对儿媳妇挂心，实则也是让自己明白"不养儿不知父母恩"的道理。没有老婆之前，自己被老妈支配；有了老婆之后，又归老婆领导，他天生就是被管辖的命运。可是就像两省的交界地带一样，如果两个领导都想管你，那就糟糕了，一个让你向东，一个让你向西，你最后不得不大喊"中西合璧"了。虽然现在还是摆脱不了被管辖的命运，但是难得的是两个领导结成统一战线。这都是孩子的功劳，如果没有这个宝贝疙瘩在中间起着牵线搭桥的作用，以老秦和罗贝贝的个性，自然是一山难容二虎。孟子不断地祈祷着，"大宝贝，大宝贝，快点出来吧，别再折磨你妈妈了！"

许是听到了孟子的呼唤，11点18分，产房里传来一声清脆的啼哭声。仿佛是一股强电流，一下子击中了一家人的心脏，全体焕发出无法抑制的兴奋和紧张。

老秦不知道哪里来的力量，一下子冲到了前面，脚下一滑，一个趔趄，差点撞到出来的医生。

"母子平安！"看情形大夫也是长出了一口气。

"男孩？女孩？"老秦显然没换算过来人物关系。

"恭喜老太太，是小少爷啦！"大夫显然是想幽全家一默。

老秦又一顿喜极而泣，嘴里不住地念叨："果真是个带把儿的，果真是个带把儿的……老孟家是积了德了啊！"

当大夫那句"平安"话音刚落，孟子就以百米冲刺的速度直冲产房。那一瞬，他的脑海里闪现出无数个镜头：给儿子当马骑，再给他削一把木头手枪……这些是自己童年最美好的记忆。无论是踢足球还是打游戏机，他们父子都要结成同盟，一致对外！

这奇妙的想象让孟子有一股非常奇怪的感觉，胸腔胀胀的，被幸福的空气充满，眼泪不断在空气中飙飞。

"老婆，辛苦大大的！"

罗贝贝再次睁开眼睛的时候，听到那个熟稔的声音在耳边响起。"老公，拜托注意一下啦，你的鼻涕快流到我脸上了！"然后是一阵阵大笑，余音绕梁。罗贝贝又看到了一大堆人。

　　"妈！"罗贝贝声音有点虚弱，一看到自己的老妈，不知道是怎样一种心情，眼泪一下子就流了出来，或许是刚被推进产房的那一刻，那撕心裂肺的疼痛，让自己想起了自己从老妈身体里出来那一刻，老妈是不是也是同样的疼痛？

　　贝贝妈也眼泪一把鼻涕一把的："总算赶上了，你大哥开了10个小时的车，我这个当妈的要是不来，成什么体统啊……"

　　"大伙儿都折腾一上午了，估计累了，一会儿咱们到附近最好的酒店去吃饭，我请客，为大孙子来顿庆功酒！"老秦一副豪气干云的架势。

　　"得，我妈这回可有得飚了！"看着大家远去的背影，孟子轻轻地叹息。

　　"你跟他们说省着点花！"罗贝贝又干起了精算师的老本行。

　　"算了，她们难得这么铺张浪费一次，高兴高兴是应该的！"

　　"老公，有了儿子更得精打细算！别忘了咱们还供着房子，宝宝的营养费，日后还要上最好的幼儿园、小学、初中、高中、大学！"

　　孟子赶紧递上一杯糖水："老婆，刚生产完，咱悠着点说，大学以后的结婚生子，咱等出院后再统计，成不？"

　　"孟子同学，你这身上唯一的节约美德也被兴奋冲洗掉了啊？"

"那老婆大人的意思是？"

"你先打听一下他们出手的价码，然后想着办法——套现，我听这两个老太太的口气，这顿酒席怎么着也要上万，你就多在他们面前讲讲养宝宝的不易。让他们把钱给宝宝存到统一的账户去，咱们把这钱做点什么投资，等孩子上学的时候，现在的一万，说不定到时就变成两万三万了！"

"贝贝，你这脑袋里装的都是什么啊？"

"把意思表达清楚，这也算是他们入股，咱俩虽是大股东，但他们也是小股东，你说咱儿子要是一不小心，成了个什么首富，你说他们做外婆奶奶的是不是也跟着享福啊，何苦把半辈子攒的钱送给那些饭店呢，要搞就让她们在家里搞个厨艺大比拼，既清洁卫生，又休闲娱乐了！"

"老婆真是高屋建瓴啊！"孟子听说，孕妇一般都会有产后忧郁，就是觉得自己那么辛苦生了个孩子，却是为别人生的，所以治疗产后忧郁的最好的方法之一就是"马首是瞻"，一定要把产妇当成全家的中心、地球的中心，甚至是宇宙的中心，你要把除了睡觉之外的所有目光都投向她，以示对她的崇拜和敬仰。二就是"拍马屁"，不管她说了什么、做了什么，都不重要，重要的是只要她说了一句话，你的马屁马上就要拍上去。只有这样才可以尽快地把她赶出产后忧郁的小泥潭。

可是孟子苦练的这一招还是被罗贝贝一下子就识破了："别拍马屁了，快去吧，要不一会儿，五千块钱就被吃进肚子了！"

孟子推门出了产房，旋即又回到罗贝贝的床前。

"老婆，我把咱儿子的名字想好了，你一定特满意！"

"什么？"

"你怀孕的时候不是做过一个梦吗？说梦见比尔·盖茨到咱们家来了吗，说是想给咱们家捐款，一下子就捐了五百万！"

"才那么少？"罗贝贝有点贪得无厌。

"所以，咱儿子的大名叫孟盖茨，小名就叫比尔，你看行不？"孟子兴奋得满脸通红。

"孟盖茨？"

"对啊，孟盖茨，你不是说过嘛，什么吸引力法则，你想什么就能吸引什么。咱儿子叫孟盖茨，我们天天想着儿子，不就是想着盖茨吗？说不定，他就真的能给咱们送五百万来呢，或者也说不定他将来就成为盖茨那样的人物呢！"

"老公，我发现你还真是挺有才的，孟盖茨有你这样一个爹，我看他离比尔应该差不远了！"

"嗯，那就这么定了！"

孟盖茨他爹迅速地追出去，他绝对不能让原始股外流。

孟盖茨他妈又昏睡在病床上，继续梦盖茨。

家，我能，一切皆有可能

"小苹，你能不能和开发区的高主任说一下，明天安排几辆好车过来？"

金浩然躲在洗手间里，小声给董小苹打电话。

"金浩然，行啊，这个CEO还没有正式上任呢，就摆上谱了啊，有前途！哈哈！"董小苹在电话那边揶揄道。

"这不是CEO的意思，这是CEO太太的意思！"金浩然无奈地说道。

昨天晚上，金浩然奉命做完胎教，刚和周公打了一个招呼，就被唐蜜拉回来了。

"糖豆他爸，和你商量个事行不？"金浩然转过身来，见唐蜜两眼放光，盯着天花板。

"唐蜜，我怎么看你都不像是个孕妇呢？"

"我还用像吗，我本来就是，假一赔十的真货！"

"就你那眼神，一副少女怀春样！"

"注意你的言行，你还真打算把糖豆教育成风流少年啊！哎，明天会有好多人来送咱们，咱们怎么着也要弄得像荣归故里吧？"

"还衣锦还乡呢！拉倒吧，是不是还想人家雇八抬大轿把咱们抬回去，再弄个锣鼓开道啊！"

"那倒不至于，不过，怎么着也要让他们弄几匹高头大马来接我们吧！"

"小妞，还真看不出来啊，你可够虚荣的啊！"金浩然侧过身子看着唐蜜的一脸春秋大梦样。

"人家这是要给糖豆打个好基础，赢在起跑线，你懂不懂？"

"你的意思是说，这也算胎教必修课？"金浩然无语了。

"领会得还不错，我和糖豆和不和你回秦皇岛，就看后天的派头了。"

"没困难创造困难也要上！请老婆大人放心，我保证明天一定比奥巴马入白宫还气派！"

看来男人的心口不一，都是被女人逼出来的。

果然，第二天唐家楼下的确风光无限，四辆别克商务车为一辆奔驰护航。要是有鞭炮声响起，那简直就是新婚庆典。

尤其是开发区管委的高主任也一同前来，一上来就握住金浩然的手，一副井冈山会师的激动："金总，我们的高新技术园区就需要你这样的青年才俊啊，你能放弃北京的大好机会，选择回乡创业，真是对我们工作的支持啊！"

唐蜜双手叉着腰，把肚子是能挺多高挺多高，她恨不得再垫上两个枕头。一副雄鸡报晓的春风得意。

一切的一切，唐蜜都是做给"三八六人行"的其他几个看的，她不想被她们认为，自己是在北京混不下去了，才选择被迫"回巢"。

"行啊，美女，几天不见开大奔了？"

"唉，开发区非给配车有啥办法？我先生说了，等公司赚钱了，就送一辆Mini Cooper，我只要有时间就回来看你们！"唐蜜忽然发现吹牛原来这么有乐趣。

这时候，一直躲在后面没敢凑过来的尹美娜终于忍不住向前走了几步："祝你们一路顺风哈！"

"美娜，胡怡，我最不放心的就是你们俩！"唐蜜脸上一副恨铁不成钢的表情，"找个好人嫁了吧！男人不怕穷，也不怕丑，就怕不敢娶你。连给你个家的勇气都没有，你还能指望和他过什么好日子？"人往往都是这样，觉得自己幸福了，就觉得别人也一定要这样才会幸福。

见大家沉默无语，唐蜜继续自己的演说："不是说我们家金浩然有多好，当初大家都觉得我俩在一起就是头脑发热、荷尔蒙发酵……说实话，连我自己也一度怀疑他的责任心。可就是那么吊儿郎当的一个人，知道我怀孕了，他就敢和我结婚，其实我们才认识三个月而已！"

尹美娜哭得有点失声，让唐蜜多少有些过意不去，虽然，这六年来，唐蜜和尹美娜之间就像以色列和沙特阿拉伯，战争从未间断，但是有太多的记忆不可抹杀。无论这个女人如何改变，她都是那个在自己发高烧时，在凌晨三点半扶自己去医院的尹美娜，她都是那个容不得别人欺负自己，却没少折腾自己的尹美娜。

"美娜，是不是准备进演艺界啊，在我这儿练习演技呢啊？！"

"糖糖，我觉得你好幸福！"尹美娜已经泣不成声。这么多年，尹美娜做什么都想和自己争，从来不会说自己一句好话，不过这句话听起来，还算发自肺腑。

"或许是我的沸点比较低吧，有爱有家，这就是值得奋斗的方向！美娜，如果你还真把我唐蜜当姐妹的话，就好好找个真正爱你疼你的男人上岸吧！"说到最后，唐蜜也心头发酸，与尹美娜两双泪眼相对。

如果说北京这座城市还有什么让她留恋，那就是对面的这些姐妹，她们站在那里，就像是一幅优美的画卷，珍藏着唐蜜所有关于青春的回忆。在这座城市里，她什么也没有，就是不经意梳落的一根头发，都会很快被春天的沙尘暴卷走，可是这里有她关于青春和爱情的记忆，而如今她必须像壮士割腕那样才可以将这些记忆放下，远走他乡。

为了糖豆，唐蜜觉得神马青春记忆都是浮云，肚子里的孩子是她最真实的生活，这个孩子就像是一部流传下来的《史记》，见证了她的青春和爱情。

唐蜜又摸了摸肚子，像是要和糖豆一起，和这个城市告别。

"糖糖，可以走了吗？"金浩然坐在车里喊唐蜜。

金浩然本来想上来和她们打招呼，但是看到尹美娜也在场，多少有些尴尬，便一直佯装检查东西，或者与高主任等搭讪。

"老公，我马上过来！"唐蜜甜甜地回了一声，又逐个与姐妹们热情拥抱。

"老婆，都说什么啊，说这么久？"

"夸你是绩优股大大的！"唐蜜狠狠地在金浩然的脸上亲了一口，像是对尹美娜的宣战。

"老婆，都是你慧眼识珠啊，我这匹千里马，如果没有遇到你这个伯乐，说不定还在那个阴暗的马厩里睡懒觉呢！"金浩然回了一个吻给唐蜜，算是配合她把这场戏做足。

"知道就好，哼！"唐蜜一副教导有方的得意将军样。

汽车缓缓地驶出这个狭小而混乱的小区。

唐蜜回头望了望那幢建于20世纪60年代的筒子楼，破旧不堪，却令人留恋。在这里，留下了她和金浩然热恋时的激情，留下了得知怀孕时的恐慌，留下了无数的眼泪、茫然，也留下了他们初为人父人母时的兴奋和紧张……还不到一年的时间，她的人生已经像过山车一样，历经高低起伏……

"老公，你要答应我，三年之后，我们一定要风风光光地杀回北京来！"唐蜜娇嗔着道。

"哼，这点气场能当好CEO太太吗？还杀回北京，咱们直接杀到纳斯达克！你给我五年的时间，最多十年，我领着你和糖豆，去纳斯达克敲钟！咱从现在就开始给糖豆胎教，如何成为一个成功的CEO，等糖豆五岁时，我就让位做太上皇，到时候他就是全球最年轻的CEO！"

"老公，我看行，对了，世界上最年轻的CEO几岁啊，你看我们是不是要去申请一下吉尼斯世界纪录啊！咱们一共申请三项，世界上最年轻的CEO糖豆，最年轻的CEO妈妈唐蜜，最年轻的CEO爸爸金浩然……"

　　一行车队，浩浩荡荡地开上了京沈高速，就像北京越来越多的回巢大军一样，唐蜜和金浩然这对年轻的男女也因为不想再成为蚁族，而选择了回归家乡。只不过有的人可能背着行囊，挤在沉闷的火车车厢里，而他们却是如此风光。这一刻，唐蜜非常清楚，风光是做给别人看的，而路是要自己走的。

　　世上的路有千万条，最关键的是你选哪条。

答案是爱，于你已经肯定

　　"陈小姐，机票已经帮您送到酒店，祝您旅途愉快！"

　　"好，谢谢你！"

　　陈一菲看了看手表，已经接近中午十一点，前面的队伍中估摸着还有十几对怨偶在等着办手续。

　　"看来北京真的是世界中心了，而中心就一定要拥堵。在北京干什么都要排队，吃饭要排队，上厕所要排队，买房子要排队，开车要排队，结婚要排队，怎么离个婚也要排队？"

　　和李吉约好的时间是九点准时到民政局门口集合，不巧，她从君悦酒店赶过来的路上非常塞车，到民政局的时候已经九点半了。她以为一向守时的李吉一定已经在里面排队了，可是找了半天也没有找到李吉的影子，无奈只好跟在队伍的后面，可是左等右等还是没见李吉的身影，打电话也一直说无法接通。

　　"会不会是李吉出事了？北京的街道上每天都有交通事故，不过司机小王开车一向很稳，李吉也不是快性子的人，估计不会。那会是怎么了？这真是一个让人担心的城市，难道李吉反悔了？可李吉答应过自己，那到底是怎么回事？"

陈一菲最欣赏李吉的一点就是说到做到，这正是所有女人都在追求的安全感，可是自从知道自己无法怀孕后，这种安全感就消失了。回想起这一年多的经历，陈一菲觉得精疲力竭。这样一段在外人看来非常完美的婚姻，就因为自己的不孕，已经被折磨得遍体鳞伤了。

　　"不要再想了，或许到了温哥华之后，就会得到解脱。会的，我会开始自己的新生活！"

　　队伍移动的速度很慢，想起几年前，和李吉来登记结婚的时候，也是一大条长龙，但是显然，办理结婚的速度要比办理离婚的速度快多了。每一对新人想的都是，我要和这个人一起，开创新的生活，他们的心是在一起的。

　　可是离婚的时候却大不相同，虽然即将分道扬镳，但还不忘在最后的关头在彼此的伤口上撒把盐，或是踹上一脚，时不时就从队伍的前头传来吵架声、哭泣声。

　　陈一菲忍不住又打了一个冷战，强忍住想吐的欲望。这几天住在酒店里，一直睡不好，总是头晕晕的，估计是晚上空调开得太大的缘故……或许是她的干呕影响了大家的情绪，人群中有一些怨妇不约而同地朝这边行注目礼。

　　真是一个倒霉的日子，还好自己就快要离开了。陈一菲正这样想着的时候，手机发出了滴滴的声响，是一个陌生号码发来的彩信，打开一看，画面竟是一个圆润饱满的肚子——

　　　一菲姐，偶系糖糖啦！我已经和金浩然回秦皇岛了，开发区来了很多人来接我们，可风光了！哈哈，我们家先生说了，他会像李吉大哥一样努力。你要保重，要开心，想我了就来嘛。以此图为证，你今天就荣升我们糖豆干妈啦！！

陈一菲被这短信逗笑了，其实很多时候，她都想像唐蜜一样简单而真实。没心没肺，这是她从不看好的生活方式，但是从结果来看，往往收获了好事成双。

过了一会儿，又一条彩信蹦出来。陈一菲心想，唐蜜这小丫头还真是有心，估计是怕自己离婚难过，才这样时刻想办法逗自己开心。

然而这次的却是一条视频，来自罗贝贝的手机。打开一看，场面完全是一阵混乱，镜头晃来晃去，也看不清楚是谁，满屋子的人，忽然听到小孩子的哭声，声音很大很大，估计是遗传了罗贝贝的好嗓子。最后孟子露出半边脸："奉我们罗贝贝的命，把这段视频传给大家，11点18分，喜得贵子，重8斤8两，母子平安！"

陈一菲反复地播放视频，不禁落泪，这个场面她曾经渴望过无数次，可是今生自己却与这样的场景无缘，多么渴望李吉也会成为这样一个自豪的爸爸……

离婚的长队就快轮到陈一菲了，可作为配偶的另一方却还没有来。这很让人气恼，李吉怎么也变成了一个不靠谱的家伙！

"当事人双方必须都来才可以。"

"我知道，我知道，他马上就到，可不可以等一会儿，我下午三点的飞机要去温哥华！"

"没看见后面排着那么多人呢吗？"一个面相和善、语气并不和善的胖大姐威严地坐在桌子后面。

"那能不能这样，让这些人先办，等他来了您再给我们办，拜托了！"紧张感让陈一菲又干呕了一下。

胖大姐白了一眼："怀孕了？那还来离什么婚？现在的人啊，就是不懂珍惜，几百年修得的夫妻缘分，就因为闹闹别扭，就一拍两散。你们咋就不考虑考虑孩子，都是做父母的人了，怎么还这么自私？"胖大姐说完，放了一张"中午休息"的牌子便转身离开了。

闹得陈一菲一肚子委屈，今天什么皇历，莫非是诸事不宜？刚走出民政局的大门，就见李吉抱着肩膀站在大门口，那辆钟爱的宝马也停在旁边。

"李老总，你真行啊，足足让女士等了两个小时，上市之后财大气粗、目中无人了吗？"陈一菲委屈得快哭出来了，当年是谁跪着央求"嫁给我吧"，是谁拉着她的手在神父面前说"我愿意"？原来离婚在即，所谓承诺都变成了阳光下的肥皂泡。

李吉无奈，只能一把将陈一菲塞进后座："姑奶奶，别拿上市说事成吗？我不到八点就来了……"

"你是不是诚心的啊，你不是答应我，要还我自由了吗？你是不是看着我一直活在痛苦中，你才开心啊！"陈一菲的声音已经哽咽，再坚强的女人估计也承受不了离婚的恐惧和打击。这婚还没有离，她已经被刚才悲凉的气氛吓怕了。

"我怕失去你……所以不敢进去！"

"李老总，你只要一进去，各大报刊肯定出新闻，头版头条不敢说，起码得占一个整版吧？明天，不，或许今天晚上，你们公司门口就会有一大堆美女排队去'应聘'！"陈一菲说着说着眼泪就"刷"地流了下来，好像那一幕是她亲眼目睹的一样。

"老婆，咱别闹了！"李吉慢声细语，不疾不徐。

"算了吧，这个职称马上就成过去时了！"

"那咱们能延长试用期吗？我反复考虑了很久，离婚容易，可要再找个你这样的老婆就太难了！"

"我哪里好啊？您就别逗苦恼人儿微笑了！"

"美女这市面上一抓一大把，可我就看上你这个又刁蛮任性又爱无理取闹的倔老婆了！说实话，你这性子啊，简直比钢筋都硬！"

"当我是十八岁的小姑娘？我要是钢筋，那你岂不是混凝土哩？"陈一菲又气又恼地推了李吉一把，却不成想双手被对方擒住："你是钢筋，我是混凝土，咱们在一起才能盖出一栋房子，才能有一个家！"

陈一菲岂肯就范，可一阵眩晕让她无力争辩，整个人被李吉慢慢拥在怀里。"你脸色这么差，一直没休息好吧？"李吉关切地问询着。

"觉得不舒服……"陈一菲的坚强在那一刻被瓦解了，李吉温厚的气息就呵护在她身体周围，感觉从未有过的放松。

"小王，快去医院！"

"左转，前面有个小路，没事，闯过去！"朦胧中就只听到李吉说话，整个世界的嘈杂都和她无关了。

"老婆，我们不要离婚了好不好？你是现在时，孩子是未来时，何必为了不确定的未来牺牲眼前的快乐呢？"

见陈一菲没有回应，李吉又接着说："现在世界上到处都是地震、海啸，马上就2012了，就算非离不可，那也让我陪你走完世界末日吧？你说好不好？"陈一菲只觉得一股暖流，从李吉的嘴唇传遍她的全身，又经由心脏，到达腹腔。似乎有一束光隐约升腾，一颗嫩芽正在那里悄悄生长。

"原来答案是爱，于你已经肯定。"陈一菲口中呢喃着。

"老婆你说什么？"

陈一菲笑而不答，只把头又往李吉的怀里缩了缩，就像一个婴儿，在母亲的子宫里，安全、温暖，无限幸福……